面對。小金剛世代與野草莓世代的深情對話

若能面對自己內在最陰暗的角落，光明才可能在不遠處發出微弱的幽光。

文＝小野、李亞　圖＝李亞

【目錄】

寫在對話之前……

人如果能面對自己內在最陰暗的角落，光明才可能在不遠處發出微弱的幽光。

二十幾歲因爲一本《蛹之生》而成了文壇新貴、名利雙收的小野，在他後來的人生旅程中一路過關斬將，遇到許多困境都能化險爲夷；不論是電影、電視或文學創作，總是能在相當混亂的環境中創造一番全新的局面，讓自己成爲引領風騷和帶領潮流的英雄，有人曾經用「白鴿騎士」或是「神鬼戰士」來形容他。現在年輕一輩的人總愛叫他一聲「小金剛」。

後來，他又成爲中華電視台公共化之後的第一任總經理，當時媒體曾經以非常大的篇幅報導整件事情的過程，並且也陸續報導著他後來的每一個改革作爲。可是這一次，習慣當英雄的他，卻遇到了前所未有的挑戰和困境，他幾乎無法面對擋在他前面的大大小小陷阱和障礙，包括財務的大黑洞和公共化後的各種限制和綑綁。正當他筋疲力竭到想逃離時，他收到了在義大利讀書的女兒的一通簡訊。

*

傳簡訊給爸爸的女兒其實自己也正面臨了她人生的困境。當時她剛拿到了義大利米蘭工業設計學校的碩士學位，也剛結束了一段愛情，對未來，她充滿了疑惑和不安，她決定重返台灣，開始她更眞實的人生旅程。她知道自己不會像爸爸那樣的幸運，因爲那個讓英雄有戰場的美好時代早已隨風而去，她面對的將是一個「連傷疤都不再有英雄感」的平凡時代，大蕭條讓失業率不斷攀高的噩運正等著她。

十六歲就出版了人生的第一本圖文書的野草莓少女李亞，曾經異想天開的就此休學，開始她個人的創作生涯，後來，她決定繼續回到校園學設計。原來她的想法是，在名人老爸的光環壓頂下，唯一的出路就是走一條和老爸不一樣的道路，擺脫老爸的陰影。可是，她依舊無法忘情各類文學創作，她想，只有努力的超越老爸才可以得到完全的自由。

她明白那個不再年輕的老爸所面對的，將是一個「無用武之地」的時代，她開始同情他那個一直想當英雄的老爸，於是和老爸展開了漫長的對話。

*

在他們長達快兩年的對話中，兩個人各自的生活和工作都有了巨大的改變。英雄終於傷痕累累的回到了家裡，受創的身心接受了各種不同方式的治療；茫然的女兒也終於回到自己的家鄉，從失業到找到工作，後來又從原有的設計工作轉到媒體文字工作。這對父女在對話中慢慢引導著彼此去面對許多過去不想或是不敢面對的事情，他們父女的對話坦白、眞誠、直接，沒有裝模作樣的虛矯，讓人讀來驚心動魄，但是卻深受感動。

每個人的一生都有許多要面對的狀況，包括自己所出生的家庭、社會和未來，其中最難面對的，反而是自己。人要如何面對自己的人生價值和內在慾望？還有脆弱和自卑？

這本書呈現的就是，面對一個你深愛的人，誠實與勇敢地敞開自己、面對自己，而終於找到了自己。

第一篇。

回家前的旅程

01

抱歉，我把你的簡訊當垃圾信刪掉了

幾天前，我胸部絞痛寸步難行，我還以為自己真的會倒在華視的地下停車場，成了一個悲劇英雄，或是死得不明不白的狗熊。

親愛的笨咪：

原諒我吧，我把你從義大利聖．雷莫（San Remo）傳給我的簡訊誤認爲是一則推銷台灣花東賞鯨豚之旅的廣告給刪掉了，因爲那則簡訊沒頭沒尾的，好像只是寫說：「我就要去賞鯨了」之類的。

自從你去了義大利之後，我們不曾用這樣的方式聯絡，我們只是偶爾用ＭＳＮ聊兩句。我想，我們都被彼此周遭繁忙的事務給弄昏頭了。印象中我們都是在台北深夜十二點鐘，我們一家人才能在ＭＳＮ上聚會。那個時間是紐約的上午十一點，是米蘭的下午五點。那個時間，你哥笨頭快要去學校打工了，而你通常是剛剛從學校回到家。你們和笨姆聊的都是貓貓狗狗或是吃喝玩樂的，我經常想把話題轉到我目前在公司的悲慘狀況，想博得你們同情。可是，你和笨頭也都只是很敷衍的寫著：「可黏」、「口年」，然後話題又會回到義大利的香料或是紐約的貝果。我常常很怨嘆的想著：「不知道還要養你們這幾隻米蟲到何年何月方休？」

會把你難得從義大利傳給我的簡訊看都沒看清楚就刪掉這件事，在過去是不可能發生的。我的櫃子裡還留著你小學和國中時代的週記本，還有許多你和我一起想的童話故事塗鴉草稿，這些東西我都捨不得丟棄。所以這件事情一定要記載在你我的「父女關係史」上，那是代表了你我關係開始轉變的歷史時刻：「西元二〇〇七年七月十一日」。

西元二〇〇七年七月十一日對我而言也是一個重要的日子，我在我的日記本上寫著「百日維新」四個字，我熬過了工作上的最低潮，計畫在離開華視前做最後的一搏，就算是維新宣告失敗我也要拚一下。來到公共化後的華視當「亞瑟王」，在政策不明、毫無奧援的狀態下，我正經歷著人生最大的一場考驗，我一定要打贏這一場仗才能離開。

昨天和前天我分別去醫院做了核磁共振和運動心電圖的檢查。幾天前，我胸部絞痛寸步難行，我還以爲自己眞的會倒在華視的地下停車場，成了一個悲劇英雄，或是死得不明不白的狗熊。

了。

或許就是在這樣「生死存亡」的關鍵時刻，我誤把你傳來的簡訊當成垃圾信給刪

這樣說，或許你比較能釋懷吧。

差點要陣亡的笨鵝

02

我不行了

這樣珍貴的簡訊，居然在你又一次的隨便幫自己建立戰鬥編年史，想像自己是背水一戰的陣前大將這種幼稚又可笑的日子裡刪掉了。

親愛的笨鵝：

我終於畢業了。說起來在義大利的留學時光實在也沒多長，半年唸語言，不到一年的碩士學程，再加上很多鬼混，號稱是兩年。

由於你自戀、自憐，還永遠要把發生在你身上的事情都給悲壯化的習慣，我和哥哥二十幾年下來，早就已經聽厭倦了；只是你好歹也還是老爸的身分，所以只好說聲「可年、口年」來敷衍了事一下，千萬不用太介意。會突然傳過洋簡訊，只是因爲我又開始旅行了，身邊沒有網路用，不能上ＭＳＮ「可年可年」你，昨天寄出的明信片，又還在懶惰的義大利郵政人員手中等待光陰蹉跎，爲了消遣你我的寂寞，只好讓簡訊派上用場。

當米蘭的房子租約到期，所有的家當又塞進我青綠色的 samsonite 硬殼行李箱那刻，望著空盪盪的房子，整個人也掏空了。原本為自己計畫了很多畢業旅行的行程，包括到土耳其找愛人、到希臘看海、玩遍地中海小島，你也知道後來發生了什麼事。哪裡都去不了之後，其實已經想回家了；但當初因為那些為愛奔走的旅程，而任性地延後回台灣的機票之後，我等於是宣布了自己再半個月的義大利監禁。

再度拉起沉重的行李，這次沉重的不是當初剛來時那顆期待的心。上火車時主動幫我抬行李的義大利男生變得特別溫柔，大概是他們聽到我的行李箱裡面有心碎的聲音。每次搭火車時上下行李，一定會有義大利男生熱心地問，「你行不行？」，然後伸手表示要幫忙。以前我總是微笑著說，「我行，謝謝。」但這次我終於一臉虛弱的回答，「我不行，麻煩幫我。」

我不行了。會決定在剩下的日子裡到聖．雷莫度假只是因為那裡安安靜靜，看得到海，搭火車再往西走一點就是法國的尼斯，也許有興致的話我還是可以「出國」一下。我用我僅存的自欺欺人，每天招待自己吃一次大餐，住山上的旅館，還訂了賞鯨船票。

此刻我坐在等待出海的賞鯨船「戴安娜二號」上面，四下望去大家無不三五成群的，十分熱鬧。壓低帽簷，抱緊背包，嘗試在海風中把自己內心的孤寂控制在不衝擊到對面那些情侶的範圍內，然後拿出手機，強顏歡笑，傳了一則美麗又浪漫的簡訊，把編造出來的美妙心情傳達給你；這樣珍貴的簡訊，居然在你又一次的隨便幫自己建立戰鬥編年史，想像自己是背水一戰的陣前大將這種幼稚又可笑的日子裡刪掉了。

我真的不行了。

不行的笨咪

03

歡迎回家

當我回到自己的辦公室時，卻常常想痛哭一場，被撕裂成兩半就是這種感覺。其實此刻的我，也有一種「不行了」的感覺。

親愛的笨咪：

本來我想用「可憐」或「口年」的笨咪作爲對你的稱呼，但是我想想，又改成現在這樣了。我已經感受到你目前心裡面巨大的創痛和孤獨，我得非常嚴肅以對，不能嘻皮笑臉。

最近在工作上我愈來愈有一種掉落在一個洞口後，隨著流沙一直向下沉淪的感覺。我好想抓住一棵樹或是一塊岩石，讓自己可以使點力氣，不要繼續滑下去，我好想叫救命。終於有一天，我將這樣的感覺告訴了一個常常向我報告財務狀況的主管，她非常訝異的說：「可是每次看你開會時都是笑嘻嘻的很開心，說著鼓勵大家的話。你如果有這樣的壓力和痛苦，應該告訴所有的主管，讓大家一起承擔，分散壓力。不然，別人不知道你的壓力呀。其實大家都想幫忙呀。」

是的，這就是我自己的問題了。去年春天我來到這兒時，我的老朋友吳念眞只提醒我一句話：「記得，不要凡事都自己扛下來。」他了解我的個性，因爲我們曾經一起工作八年，我的作風就是帶頭衝鋒陷陣，拚了命要殺出一條生路。這一年多來我總是讓自己在各種會議的場合保持笑容，說著笑話，不忘鼓勵每個主管，我極少給主管們臉色看，因爲我覺得他們都該有自尊心，也懂得自愛，羞辱別人不是最好的管理。

可是，當我回到自己的辦公室時，卻常常想痛哭一場，被撕裂成兩半就是這種感覺。其實此刻的我，也有一種「不行了」的感覺。說「百日維新」、「最後一搏」只是一種讓自己繼續撐下去的理由，「不行了」才是內心眞正的吶喊。

我一直覺得最能反映我這種個性和心情的，就是十年前義大利導演羅貝托．貝尼尼（**Roberto Benigni**）的《美麗人生》（*La vita bella*）。當一家人都被關進納粹集中營等待死刑的時候，爸爸還騙孩子說這是一場好玩的遊戲，帶著孩子在集中營內玩著各種其實不是遊戲的遊戲。

這是一種人生態度，樂觀、幽默、勇敢、承擔，都是我最嚮往的精神，但是卻有點自苦自虐，爲了成全，自我壓抑。

這一年多來，我一直被目前的狀況所綑綁著，身心俱疲，差點忘了遠行的你竟然已經要回家了。我又想起同樣是十年前王家衛拍的電影《春光乍洩》的結尾，當張震在世界各地遊走後，來到阿根廷的布宜諾斯艾利斯，那幾乎是世界的盡頭了，他說他忽然想回家了。後來當梁朝偉來到台灣尋找張震時，在熱鬧的夜市見到了生命力強韌的張震的父母正忙著炒菜招呼客人時，有感而發的說：「我終於知道，他（張震）能夠很開心的在世界各地來來去去的，是因爲他知道，始終有個地方在等著他。」

或許，你原本的計畫是要走得更遠更久，或是像張震那樣，走到世界的盡頭。不過不管走多久，走多遠，這個家也會一直等著你，只是，這個家已經沒有過去那麼熱鬧而已。

已經不行的女兒，歡迎回家。

也已經不行的笨鵝

04

「家」不會很難擁有

家的感覺很堅固，但是不應該沉重；出門在外的學生都知道，愈是抓緊自己的家國民族情感，就會過得愈辛苦。

親愛的笨鵝：

我看見飛魚了。我們向地中海前進的時候，我還以爲我是兩眼昏花看見史前海上大蜻蜓。我也有看見海豚，就在船旁邊，幾乎是垂下手就可以摸到。船長很敬業，一心想要讓大家看見很多海中生物，在我們快要四小時的航行中，他一直很努力地拿著望遠鏡在搜尋，堪稱是繼足球員之後，第二種熱愛工作的義大利男人。也許是當工作性質牽扯到了運動、旅遊和探險，義大利人就會一改他們的懶惰形象，認真工作了吧。

義大利人很想得開，若是爲了要變瘦變美而要放棄美食，他寧願與肥肉共處一輩子；若是要他多花時間賺錢而放棄旅行，他寧願貧窮。不是要爲了什麼偉大的理想而犧牲，只是因爲快樂而已。我們好像常常會有身不由己的感覺，會不會只是一種想像呢？其實決定自己的生活方式，應該不是一件非常難的事情，只是沒有人教我們這麼做而已。

一個人遊蕩在地中海邊，突然發現這是我第一次隻身在外那麼久。平常公寓裡有室友，出去玩的時候也是成群結隊的，嚴格說起來，這樣一個人漫無目的的長期以旅館爲家，二十四年來還眞的沒有發生過。

但是「家」這種東西其實不會很難擁有。

第一次到佛羅倫斯，兩個月後搬到米蘭時，我會覺得自己是「佛羅倫斯來的」。在米蘭定居後，有時出國玩，再回到米蘭時也有一種回家的感覺。可見人是可以隨處扎根的。在一個定點混熟了，或是因爲一種再次見面的親切感，都會讓人卸下心房，穿著邋遢、挖鼻屎、打哈欠、抓胯下，好像是自己家一樣。家的感覺很堅固，但是不應該沉重；出門在外的學生都知道，愈是抓緊自己的家國民族情感，就會過得愈辛苦。之後總學會了對種族間的歧見一笑置之，頂多三杯威士忌下肚，吐出來的醉言也不會是自己的母語。

飯後會想要點一杯濃縮咖啡，吃牛排時會想配紅酒。若不是照了鏡子發現自己還是黃色的，還眞要得意忘形了起來。

我累了、想家了，可是又有點捨不得。因爲這邊好像也已經是我的家。是我與自己堆疊起來的，我的社交圈，我的遊戲，我的苦澀。台灣的那個是你和笨姆建構的巢，幾經颱風都不會倒，也許我可以勉爲其難地，回去休息一下，之後要以哪裡爲家，就再說吧。畢竟我的翅膀硬了。

笨咪

05

華麗中的荒涼

你說你將來會遇到一個像大海一般的男人，讓你永遠這麼高興。當我讀到最後那一句時，我的眼眶濕濕的。

笨咪：

我收到你從聖．雷莫山上傳來的簡訊了，這次我可沒敢刪除，我看了又看。你說你從山上可以看到海，你說海風很涼，吹得你笑得合不攏嘴。你說你將來會遇到一個像大海一般的男人，讓你永遠這麼高興。當我讀到最後那一句時，我的眼眶濕濕的。

我似乎很懂你此刻的心情。但是我好像也在爲自己目前的迷惘和茫然有點感傷。我自認爲自己就是一個像大海般的男人，我能包容許多人許多事，我也能承擔許多在海上來來去去的船隻。但是此刻，我忽然很想完全放下自以爲是理想的承擔和許諾，一個人去旅行。就一個人。

我曾經有過一次和你現在心情相似的旅行。從一九七九年的年底跨到一九八〇年的年初，我決定放棄學業離開學校，從美國東北角的紐約水牛城搭灰狗巴士出發，我用一個裝垃圾的袋子裝著一條吐司麵包、一袋馬鈴薯條、一盒牛奶、幾個蘋果，繞著美國走了一圈，沿途去看看老朋友和我的初中老師。那一趟寂寞的旅程是我向自己摸索了二十八年的生命歷程告別，重新回到一個正面臨動盪，蓄勢待發的家鄉，面對一個不可知的未來。

和你最大的不同是，當時的我已經結婚，有了一個六個月大的兒子，也就是你的哥哥笨頭。當時的我強烈的想回到自己的家，我無法把美國當成自己的家，你說：「出門在外的學生都知道，愈是抓緊自己的家國民族情感，就會過得愈辛苦。」當時的我或許就是這樣的心情，悲憤加上熱血，一心就是想回家。所以那趟旅行對我而言眞像個告別儀式，至今我都還記得那些寂寞的小城鎭，密西西比河沿岸的聖路易、土耳沙，沙漠中的奧桑納、蕃角市、艾帕索，從聖誕節到新年，歡樂華麗中看到的反而是荒涼和孤寂。

當我重新又踏上桃園中正機場時台北正下著大雨，我推著兩口笨重的箱子慢慢的走向海關，我整個人像被掏空般輕飄飄的，不是學成歸國的學人，也不是凱旋歸國的英雄，我只是一個繞了大半個地球，只爲了發現自己不應該走生物科學的挫敗者。而且，我不想走得很遠，我只想回家，回到和自己內心最近的距離。

當時的我，覺得自己前二十八年的生命是在極大扭曲和壓抑下度過的，我很想歸零重新面對自己，重新出發。

笨鵝

06 兩顆蘋果

下山的時候我哭了。眼淚一滴一滴落下，像是城牆上的那些滴水的石頭大嘴。

笨鵝：

那些話都是講給你們聽的，也講給自己聽。愈努力想隱藏自己的心情，就會愈誇大眼前的美好，人都是這樣的。那天我剛到聖．雷莫，坐在堤防上發呆，夕陽暗暗散散，昏黃昏黃的，海的聲音依舊很好聽；我打了電話給朋友，故意讓他們聽見大海就在我腳邊。

沙灘上有座比薩屋，晚上會亮起紫色和黃色的燈，剛好照在打上岸的浪花上，於是在夜裡黑麻麻的海浪變成了紫色和黃色的。若不是因爲失戀，我想這些東西也不會讓我這麼目不轉睛，西西里的景色比這裡奇妙上百倍，但那時我卻整天躺在家裡睡覺和發燒。

此刻聖．雷莫山腳下的棕梠樹公園，掛滿海草的小沙灘，和雜貨店裡用碎冰加上色素的難喝西西里冰沙，都在我麻木黑白的身心上勉強刷上一些混雜的色彩，而我則握著這些淡淡的顏色，不斷不斷地對自己說，美麗啊，眞是美麗。

今天我爬上山，穿過了山壁拱門間的人家，發現自己其實是爬上了這座城邦舊時的城牆。牆上有一些已經荒廢，長相模糊的石頭大嘴，山上的雨水從大嘴裡流進牆邊的溝渠，使得附近濕濕滑滑，長滿青苔，但那泉水依然清涼。我刻意走近一點，讓一些水濺到身上，然後才繼續往上爬。牆不高，山頂上有一個蹩腳的小公園坐落在車道旁，道路盡頭是一棟正在整

修的乳白色建築，回教式的圓頂，正面有像家徽的壁飾，門前還有四個雕像；看起來像是以前某貴族的避暑宅邸，現在空出來了變成博物館。

我折回到小公園裡，找了一張沒有鴿大便的椅子坐下來。往下看去是山坡上的人家和海港，白色的帆船在海面上航行，很藍很安靜的，我把相機放在欄杆上幫自己照了一張相。山上有風，但風裡仍有海的味道，樹葉在風中搖搖晃晃，陽光從不斷變化的葉隙間撒在我身上，於是我拿出手機傳了簡訊給你。

之後我倒在椅子上睡著了。醒來的時候我開始走下山，下山的時候我哭了。眼淚一滴一滴落下，像是城牆上的那些滴水的石頭大嘴。我邊走邊任眼淚掉著，表情依然僵硬。回到旅館時眼淚已經乾了，櫃台的小姐像往常一樣送我兩顆蘋果——一顆綠的一顆紅的。從我來的那天，他們就稱呼我「美麗的中國女孩」（La bella ragazza Cinese），對於這樣的加冕我早就學會微笑接受，連同那兩顆蘋果一起放進背包。

我的晚餐是一顆蘋果、兩罐啤酒和一部看過的電影，我的睡前活動則是難看的義大利電視劇。我相信你的旅行其實沒有我的糟，只是因爲你是男生，所以應該沒有人送你蘋果。

07

逆著逃亡潮回鄉時

當你出生時，我已經回國三年了，我的狀況相當穩定。那時候的我已經將自己幻化成了白鴿騎士，打著一場被後人稱為「台灣新電影運動」的聖戰。

親愛的笨咪：

讀了你的信，讓我陷入極度的悲傷中，久久無法寫下一封信，甚至於不想繼續寫了。

我終於相信，雖然同樣是從異國返鄉前的一段寂寞孤獨的旅行，畢竟我們茫然、傷心或絕望的心情是大不相同的。你雖然完成了學業，但是所有原本計畫的未來，都因爲失戀而打亂。你的受創源自於這段情感。我沒有情感上的問題，我的新婚妻子和剛出生的兒子在台灣等著我回家，可是我卻面臨著全盤否定了自己過去二十八年想從事科學工作的追求，我做了人生一次最大的賭注，選擇了逆向而行，我想的事情和你完全不一樣，你的旅程真的比我悲傷。

讓我說件更悲傷的事情吧，唯有這樣，才能呼應你的悲傷，這也是個和蘋果有關的故事。那年冬天，當我決定要放棄學業回台灣後，小莊就常常開著他那輛破車來載我到處走走，他的老婆帶著孩子回台灣了，他一個人也挺無聊的。

那一天是兩場小雪之後的晴朗天，他載著我往北方的湖泊去玩玩。沿途都是蘋果樹，還有賣著蘋果的農舍，還有就是砍下來當聖誕樹的松柏。我們下車買了兩簍蘋果放在車上，沿路上我們就這樣咬著蘋果，高談闊論著國家大事。一九七九年就快要結束了，中美協防條約終止，美麗島事件的衝突和大逮捕。台灣陷入一場安全大危機，引發一場逃亡潮。

學經濟的小莊正激動的說著蔣經國的經濟政策和台灣未來的命運時，竟然誤闖紅燈，攔腰撞上了另一輛前方的來車。那一瞬間，我腦子閃過的是：「就這樣結束啦？才剛過二十八歲的生日，所有曾經對未來的茫然和無助，都將在這樣的撞擊後灰飛煙滅。」

我啃了一半的蘋果噴在車窗上撞得粉碎，沾著我的血，眼鏡也碎了。被撞到的車主沒有下車理論或是打架，立刻打電話叫救護車，並且幫忙搶救闖禍的我們。之後，受傷

的我們被抬進了醫院，撞壞的車子被吊去修車廠，其他的事情就都不知道了

在醫院縫了許多針之後，我和我的朋友有著劫後餘生的慶幸。兩個人在地圖上都找不到的郊外等著修車廠把車修好後開回學校。美國人家家戶戶的聖誕燈飾都亮了起來，美國人擅長營造家庭溫暖歡樂的氣氛，這一幕影響了我後來也很想在聖誕節給孩子一些喜悅和快樂，那也會讓我回憶起那場車禍後，劫後餘生的血色黃昏。

當你出生時，我已經回國三年了，我的狀況相當穩定。那時候的我已經將自己幻化成了白鴿騎士，打著一場被後人稱爲「台灣新電影運動」的聖戰。那時我就知道，還好當初我選擇逆著逃亡潮回鄉，讓自己趕上了這場聖戰。

而跨過了那個異國冬天的血色黃昏之後，我又活出了另一個二十八年。

白鴿騎士鵜

08 我與他們的旅程

對新的事物充滿無盡的好奇和熱忱，才能不斷不斷地這樣流浪下去。

笨鵝：

你的蘋果故事很可怕，但那都是你們要當憤青的下場，怎麼搞的，我竟然沒有很同情你。咬著蘋果，滿嘴理想抱負，居然可以忘我到闖紅燈肇事，這種人才是危險分子吧。我們這代大概已經沒有這種危險分子了，我們比較愛好和平和旅行，也響應環保和藝術活動。

今天我安排了尼斯一日遊的行程。一大早搭上非常擠的火車，從聖．雷莫出發時天氣很不錯，但到了尼斯時，太陽就變得炙熱難耐。我在火車站拿了一張地圖，便開始有點無趣的、像苦行僧一樣的徒步巡禮。法國人的英文比義大利人還爛，偏偏我會講的是義大利文不是法文，幸好拉丁文的邏輯都很像，至少我看得懂菜單。

從火車站出去，我先到達了一個有巨大噴泉的廣場，廣場的一側是迴廊，迴廊裡面有很多小扒手；廣場的盡頭是地勢往下的舊城區，我在那裡買了一個鮪魚三明治。之後我去了歌劇院、露天市集，然後在海港邊的一間專賣沙拉的餐廳，吃了一大盤海鮮沙拉配一杯可樂。

尼斯的海岸線雖然和聖．雷莫的相連，但卻迥然不同，是非常漂亮的白色小圓石頭海灘。因為沒有泥沙海藻，淺灘處的海水清徹見底，湛藍透亮，對照著烈日當頭，當時沒有把比基尼帶在身上這件事，可以列入我畢生最後悔的明細裡。我扒在提防上看著那些泡在冰涼海水裡面的遊客，羨慕得直冒油，最後只好找了條可以下到岸邊的捷徑，坐在潮濕的岩石上看海乾過癮。

之後我還爬上了累死人的圓塔，圓塔上有一個公園，風很大，我占領了一張又寬又長的木椅，點了一杯橘子汽水，躺著休息了一番。

然後我利用剩下的時間漫無目的地閒晃，一不小心就走了太遠，當景色漸漸變得荒涼灰冷的時候，我才折回到最熱鬧的市中心。尼斯的市中心就像歐洲所有的海邊觀光小城一樣，擠滿了各式各樣的手工藝品店和餐廳；我在那裡唯一的消費是一杯現榨柳橙汁，但我的目的是為了要借用果汁店的廁所。

我的晚餐很無趣地在肯德基解決了，上火車前還在車站書店裡打發了剩下的時間。

回程的火車是班過夜車，終點站是羅馬。從尼斯出發的旅客不多，和我同車廂的只有一對韓國的年輕情侶，年紀看起來比我還要小。他們倆一人背著一個幾乎和他們身高一樣的巨大背包，一看就是標準的吃苦耐勞型背包旅行客。一上車，就熟練地從背包裡取出旅遊指南、食物和盥洗用品，然後把背包仔細綁在行李架上。

兩人把鞋脫了，拿出濕紙巾開始幫自己乾洗。他們看到我，先是說了一句韓文，看我微笑不答，我們才開始用英文對話。這對年輕的韓國情侶已經跑了大半個歐洲，他們的下一站是羅馬。過程中他們學了西班牙文、法文和義大利文的「謝謝」，還掉過一次錢包和相機。

「好險沒掉護照。」我說。

「對啊，掉護照才麻煩呢。」男生開朗地笑了。

「所以我都把護照藏在這裡！」他拍了拍自己的下腹，原來裡面藏了一個內袋。

我們東聊西扯的，他們對於我已經畢業於米蘭的學校崇拜不已，但也非常同情我居然一個人在旅行。

「一個人旅行怎麼好玩呢，很傷心的，很傷心哦。」他們說。

之後他們就自己討論起行程了，嘰哩咕嚕的，笑得很開懷。

其實我眞的非常佩服這種爲了增廣見聞而克難長途旅行的背包客，比起留學生，他們更是勇氣百倍，適應力超強。而且他們大多都非常機靈又樂觀，對新的事物充滿無盡的好奇和熱忱，才能不斷不斷地這樣流浪下去。

不一會兒我就要下車了，我們開心地道別，我的旅程接近尾聲，而他們的還會繼續。希望有一天，我也會有勇氣挑戰背包旅行；你也一樣，笨鵝，你已經不是當年那個枯燥乏味、咬文嚼字的憤青了。

笨咪

09

一個人的旅行很傷心嗎？

那趟短短的旅行，讓我又一次重新看清楚自己，才赫然發現自己竟然是如此不能獨處和享受生活的人，我總是被自己內心許許多多的框架限制著，我的心靈很不自由。

笨咪：

一個人的旅行很傷心嗎？我不確定，因爲我已經很久沒有一個人旅行了。

自從二十八歲那趟回台灣前的美國灰狗巴士之旅後，我就沒有一個人旅行過了。自從有了家和孩子後，我已經習慣了全家人一起去旅行，其他的出國機會都是因爲工作，像參加影展、出國看景、買賣影片等，也都有同行者。我總是把全家人的旅行當成是你們最重要的成長經驗之一，所以會做許多行前的教育，你和笨頭都很討厭那種行前的課程。

三年前我接受一個邀約，和詹宏志一起去德國法蘭克福書展做一場關於台灣文學改編成電影的演講。那趟短短的旅行，讓我又一次重新看清楚自己，才赫然發現自己竟然是如此不能獨處和享受生活的人。我總是被自己內心許許多多的框架限制著，也被一種無形的教條綑綁著，我的心靈很不自由。

那次和我同行演講的詹宏志是一個很特別的人。一路上我搭著他的便車去機場，在貴賓室等待，然後上飛機，他始終都看著手上那本正在閱讀的書。我們之間話很少，他似乎很習慣這樣各做各的互不打擾。他說：「每次出國搭飛機我都喜歡很早到機場，然後慢慢等待，在貴賓室吃吃東西，看看書，感覺上才不會匆匆忙忙的。」他總是有著一種生活節奏。

到達法蘭克福的旅館時是清晨，

天空灰濛濛的，我還沒看清楚旅館旁邊就是法蘭克福的中央火車站。我問他手機的號碼可以彼此保持聯絡，他靦腆的想了想說：「我忘了。」然後，我們就分手了，各自展開各自的行程，除了那一場共同的演講。

我一個人進了我的房間，忽然對這樣的感覺非常陌生起來，原來我早已習慣了一家人的旅行，或是有人陪伴甚至幫忙打點的旅行。我最先想到的是出發前笨姆的一些交代：「記得先把西裝掛起來，最好開熱水讓浴室的蒸氣蒸一下，西裝比較不會皺。」

於是我想先洗個熱水澡，再讓蒸氣蒸一下西裝。可是我怎麼也找不到藏在浴室角落地板上的熱水開關，只好洗了一個全身快凍僵的冷水澡，然後又發現旅館的插頭不對，我帶來的吹風機不能使用。就這樣，我很狼狽的在旅館內東摸西碰著，最後累了乾脆睡了一覺，到了晚上才出門。在旅館的大門口遇到了詹宏志，他說他已經去吃了中餐，逛了附近的商店也辦了一些事情，他對我在旅館內什麼事都沒做感到驚訝。我走在大街上才發現法蘭克福的春天比我想像的冷多了，我縮著脖子覺得自己眞的很笨。

演講過後，我一個人搭火車去海德堡玩，我試著眞正一個人去旅行。一路上我很無聊，也沒有太多玩的興致，也沒有發現太多有趣的事情。我這些年雖然把生活重心放在家裡，陪著你們慢慢長大，生活節奏也放慢了許多，但是我滿腦子也還是塞滿了各種工作，我依舊是一個工作狂。我不懂除了工作之外生活中的其他樂趣，甚至我根本不會生活，不能享受獨處。那一刻，我忽然覺得非常懊惱。

當我這次又重新恢復了上班時，卻又面臨了一個正在轉型，又有巨大虧損的公司，我的心情一直是慌慌亂亂的。這一年多來，我把所有出國考察的機會都讓給了同事們，我鼓勵他們多出國看看學學，我自己連一天休假都不敢休。我的屁股好像被膠水黏在辦公室的椅子上，像一隻老牛在拚命的犛著快荒蕪的田一般原地打著轉。

我總是會想起和我一起去法蘭克福演講的詹宏志，他似乎永遠那麼從容的工作和生活著，不管談起嚴肅的知識或是燒飯做菜的樂趣，他似乎都樂在其中。

在那一趟告別二十八歲生命的一個人旅行之後，我又繼續在這個島嶼家鄉生活工作了二十八年，連當時都還沒出生的妳，都已經二十四歲了。或許因爲最近一連串工作上不順利的事情讓我有一種再也撐不下去的痛苦，有一股向董事會遞出辭呈的衝動，然後，一個人去旅行，像二十八年前一樣，向過去已經走過的人生旅程告別，一切又重新開始。

一個人旅行很傷心嗎？對於像我這樣一個很久沒有一個人旅行的人而言，也許有另一種難得的自由吧？

10 獨當一面的旅人

要成為一個獨當一面的旅人，勢必要放下對家的寄望和對身邊同伴的眷戀吧。

笨鵝：

我回米蘭了，搶先我一步的是義大利北部的熱浪。米蘭是內陸城市，熱起來更是不得了，一出車站，所有的景物都在高溫的空氣中扭曲了，歪歪斜斜地，我拉著行李到離車站不遠的旅館。

可以買無限上網的點數，冰箱裡的果汁是免費的，早餐無比豐盛；我訂了這家四星級旅館，作為我回台灣前的最後回憶。到了這一步，用義大利文溝通對我來說已經沒有什麼阻礙，從我溝通對象的表情就可以看出來：以前他們總是皺緊眉頭，很用力地側耳傾聽，好像我說的是中文一樣；而現在他們則是神情自若地和我應對。兩三下，我辦好了入房手續，買了四個早上的餐券，二十四小時的上網點數密碼，還請他們修好了房間的空調。

之後我洗了個澡，設定好保險箱，換上一件又薄又短的小洋裝，提著錢包到外面去吃了一份土耳其捲當晚餐。

米蘭的每一個機場我都知道怎麼去，一年之中已經跑遍所有大小機場，有時是接朋友，有時是出去玩。我知道要出國可以去哪訂機票最划算，知道不同國家的簽證處，知道哪裡可以拍當天取件的證件照。我知道哪一家冰淇淋的餅皮最酥脆，哪一家的水果口味最香純，哪一家的巧克力最濃郁。我知道中國城裡面哪裡有賣各式各樣的豆製品，哪一家有漂亮的大白菜。我知道哪裡可以吃到好吃的厚皮瑪格利特披薩，哪家超市的保久乳最便宜。我還知道哪一家酒吧的 happy hour 時段不會趕人。

這樣地熟稔一個城市，也許連我對台北的認識都比不上。爲了安置自己身處異地的不安靈魂，靠自己的雙腿把米蘭踩爛了，卻一直沒有花同等的力氣去了解台北市的種種祕密。也許是因爲覺得台北會一直在那邊吧。不怕搞丟的東西，最後就會忘記放哪了。

我躲在冷氣房裡一邊看著從車站買來的義大利文漫畫，一邊聽著新聞嘰哩呱啦地說今天又熱死了幾個人。我等著回家，九十六個小時一點點緩慢地倒數著。

去年聖誕節後我和朋友去挪威玩，在充滿海盜船、森林、妖精的白色國度裡度了一悉米蘭景色，居然馬上讓我有了一種「回家了」的放鬆。但是這次從聖・雷莫回到米蘭，我卻只有一種在親戚家暫留，巴望著要回到老家的焦躁。

個短短的假期。當回程的飛機落地，開往市區的巴士漸漸到達目的地時，爬進眼簾的熟

可見心情和願望會決定「家」的定義，你獨處時的笨拙，會不會只是代表著你沒有一顆想要飄泊的心呢？要成爲一個獨當一面的旅人，勢必要放下對家的寄望和對身邊同伴的眷戀吧。

笨咪

第二篇。

回家以後

11

尋找部落的酋長

你曾經說我是一個沒有自己部落的年輕酋長，所以每當酋長找到一個新的部落後就將部落當成是戰場，然後推動一連串的革命，非要弄個豬羊變色才罷休。

笨咪：

這是我的「百日維新」第十三天。

昨夜我替一本書《日本傳說》寫序寫到凌晨兩點，然後六點、七點各醒來兩次，我毫無睡意，彷彿得了憂鬱症。

這是一個濕熱的清晨，我的兩隻手機同時沒電，我本身也像一個耗盡電量的電池被丟棄在床腳，我整個心都在等待著。我把粽子先蒸起來，打開冷氣，讓不安的心略略平靜。你終於回家了，雖然你的行囊空空的，可是整個人卻像是充滿了電量的電池，看起來很健康很有信心。我什麼話也沒說，默默替你抬著行李上樓後才去上班。

記得我在五年前辭去台視的工作時，以為自己不會再回到電視台工作了，甚至於不會再選擇上班了，於是我想好好整理一本關於夢境、童話和寓言的小說《微笑吧，天才李奧》，順便也花點時間整理一下自己這大半輩子的創作編年史，才赫然發現自己這本書已經是我的第八十本書了。於是你自告奮勇的說要替我畫插畫，還替我寫了一篇很傳神的序。

你在那篇序中把我比喻成一個沒有自己部落的年輕酋長，所以每當酋長找到一個新的部落後就將部落當成是戰場，然後推動一連串的革命，非要弄個豬羊變色才罷休。酋長在尋找

新的部落途中，靠著寫作來舒緩內心澎湃的情感，不知不覺的寫了八十本書。你說你發現曾長在這本小說中不再有過去那種「勇往直前的希望」，反而「在沮喪中帶著一絲想退隱的渴望」。

你一定沒想到，那個「已經不再年輕，在沮喪中想退隱」的老曾長怎麼又找到了一個叫做華視的部落，展開他人生又一次意外而驚險的旅程？

回顧我在二十八歲時回到台灣後的每次上班機會，都是在動盪的時代有劇烈改變，且那個部落本身發生重大的危機或要轉型，公開對外徵求新人加入時產生的機會。像西元一九八〇年虧損慘重的中央電影公司更換公司最重要的部門人事，像西元二〇〇〇年政黨輪替下的台灣電視公司重新改組，還有就是這次西元二〇〇六年華視因為公共化對外公開徵求第一任總經理。

用千載難逢來比喻這些時機並不會太誇張。不過就在這些上班之外更多漫長歲月中，還好有創作讓我能抒發對人生的許多熱情和嚮往。

就在你完成了在義大利的學業，回到故鄉要開始你人生的新旅程時，正是我快要離開這個部落的時刻，也就是「戰役」已經接近尾聲了。這一次的戰役我沒有採取像過去那兩次的激烈革命，我變得溫柔而謙卑。我的經驗告訴我說，面對這個曾經被激烈改變又面臨全新實驗的部落，止痛療傷的擁抱是第一步，下一步是讓員工們一起想像未來，最後才是革新。這次我放慢了步調，有些人已經感到不耐煩，其實我正在尋找問題的根源，我想讓整個公司像一個有機體一般的活了起來，我想創造的是一種新的企業文化。

你回家後立刻將面臨找工作的問題，我對你很有信心，因爲除了能力外，你的人格特質會對你找工作很有助力，要相信自己，不要心急。

笨鵝

12 到底是怎麼一回事

那揮之不去的，根深柢固的名門情節，對老爸光芒壓頂的現象又愛又恨的，總覺得如果不是靠自己光芒蓋過你，那我就永遠只能是「小野的女兒」。

笨鵝：

不知道你是哪顆眼睛看到我充了飽飽的電，雖然學成歸國好像確實是一件很充實的事情。在我的相機裡面，還錄了一段碩士班同學在我們畢業派對那天，發酒瘋時對我說的話；那個義大利男生，舉起酒杯要我拍他，然後他對著鏡頭一個勁兒地大叫：「你是全世界最棒的設計師，最棒，就算你要出來選總統，我也會投你一票！投——你——一——票！」

出國留學，其實有一部分是眞的想要看看自己的實力。離開自己的國家，離開這個會被用「小野的女兒」來介紹的環境，從你的背後走開，跟一群甚至語言都不通的傢伙從零開始切磋。想想我那一直似有若無的優越感是不是只是因為老爸很有名氣、又出風頭的關係，如果不離開，我就永遠無法證明自己的驕傲是自己贏來的；如果不離開，我就永遠無法知道我是不是真的是一個別人口中，很「特別」的人。

捫心自問，我表現得不差，同學很喜歡我，教授也用高分來肯定我，大家都不吝惜地給我各種讚美，說我的作品很棒，也很有個人特色；當然，他們都不認識你，他們連台灣在哪都不見得知道。我以為這樣總算可以開始築起我自信的地基，但奇怪的是我對自己的評價還是遊走的。遊走在自負和自暴自棄的極端中，到底我在苛求什麼，到底要做到什麼地步，我才會覺得自己值得掌聲？教授說外國人在義大利很難立足，我就理所當然的放棄尋找實習，夾著尾巴回來了，心裡還想著現在有了個義大利視覺設計碩士的頭銜，是不是比較了不起一點？

我做了一個很酷的個人網站，裡面有3D的小襪子跳來跳去，還發揮我的文字功力寫了一篇灑狗血的自傳，我的出版作品年表居然可以長達八年，這一切，還能不讓我的履歷在一〇四人力銀行的頁面上閃閃發亮嗎？但是我很心虛，甚至不知道這心虛是怎麼來的，其實我知道自己實力不錯，也很好相處、很認眞，但卻還是怕自己不夠耀眼。但我何必要耀眼呢？搞不好是我已經習慣耀眼了吧，那揮之不去的，根深柢固的名門情節，對老爸光芒壓頂的現象又愛又恨的，總覺得如果不是靠自己光芒蓋過你，那我就永遠只能是「小野的女兒」。

我不知道這樣的心態會不會就這樣一直跟著我，也不知道開始工作之後，會不會好轉。在面試的過程中，對於那些一翻開履歷就直接問，「你爸是小野吧？」的主管，我苦笑以對；但對於那些把我當剛畢業小毛頭來用鼻孔打量的公司，我心裡想的居然是，「你不知道我的來頭喔」。我就是這麼自欺欺人，其實想要仰仗你的名聲來高人一等的人是我吧？也許就是因爲這樣我才看不起自己；再多的自我測試成績，都因爲那改不掉的虛榮心，而過不了關。我不想容許自己有任何一點點依賴你的心態，但現在又多了一個可以壯大聲勢的光環，那就是義大利碩士學位。總覺得自己身上爬滿虛名，卻沒有任何內涵，你可以告訴我這到底是怎麼一回事嗎？

笨咪

13 書中的妳和眞實的妳

妳往往成了我書中的主角，也成為一些進步的觀念和生活品味的代言人，很多讀者就在這十年之間跟著你一起長大了，他們一路追著你長大的蹤跡。

笨咪：

關於做爲我的女兒這件事一直困擾著你，其實我要負很大的責任，和你的哥哥笨頭比起來，你算是比較樂觀的。他曾經因爲我在書上寫了他很多生活糗事而和我吵架，從此我就尊重他的隱私盡量不再寫他了。而你在讀小學的時候，因爲捐了一批我們家族合作的童話書《小野童話》，你還特別在其中的第一本書《尋找綠樹懶人》的扉頁上用鉛筆寫著：「小野是我爸爸」。所以你說的那種矛盾感覺我很能理解。

回顧上個世紀的最後十年，也就是我們說的九〇年代，我沒有上過一天班，我的工作地點就在家裡，也就是年輕人最嚮往的ＳＯＨＯ族。十年的歲月裡我除了參與許多社會運動，偶爾拍拍紀錄片和廣告片，或是接一些電視節目當主持人外，最主要的工作還是創作。整整十年，我竟然寫了六十本書，平均一年出版六本書。這十年，你從七歲變成十七歲，妳天天都和我們玩在一起，你從進了小學到高一想要休學，也都成了我的親子家庭書寫中的重要題材。

你從出生到七歲前的行爲，也被我寫在《給要流浪的孩子》那本書中。我對你的觀察是「溫柔、善良又倔強，十足愛面子，有很多心事讓人猜不透，語言不多，但是句句都是重點。」你上了小學後話變得很多，我是這樣寫著：「下課後她總是很愉快的說些芝麻小事，那些瑣碎的事就像掛在她鼻頭的小汗珠，在陽光下跳躍著。」小時候你常常跌倒，但是你很少哭，也不一定是勇敢，可能是害羞或忍耐。我就這樣寫著：「她一定會長大，終於她也會大膽的往前走，不再回頭，她也許不再那麼容易跌倒，也許她被現實生活所逼後也知道要維持尊嚴和面子並不是那麼容易。」

隨著後來的《企鵝爸爸》、《大小雞婆》、《豌豆家族》、《可愛的女人》、《輕少女薄皮書》的愈來愈暢銷，連廣告公司都找上門來要我們全家一起做汽車的廣告，在配合廣告推出時還特別做了《大小雞婆》的縮印本當贈品。在這一系列的親子家庭書中，我強調生活中的「餘裕」和「情趣」，也推廣「清貧主義」：「簡單樸素的生活，多一些知識和品味，少一些奢華和汙染。」

在《你只要負責笑就好》中的妳已經是國中生了，我描寫著我們父女之間簡單樸實的生活，我用腳踏車載著你去上學，我們躺在樹下看雲看星星，甚至於只是描寫我們父女如何和一隻蚊子奮戰。我寫的都是一些生活中很瑣碎的小事，可是依舊非常暢銷，後來我還猜想，是不是因爲幾米幽默的插畫，帶動了我們這些書的暢銷？

這樣的書寫風格一直延續著，妳往往成了我書中的主角，也成爲一些進步的觀念和生活品味的代言人，很多讀者就在這十年之間跟著你一起長大了，他們一路追著你長大的蹤跡，一直到你自己開始有了創作，他們還是注意著你的一舉一動，這一切或許都會造成你的心理壓力，讓你內心不太平衡，所以你才會問我說：「總覺得自己身上爬滿虛名，卻沒有任何內涵，你可以告訴我這到底是怎麼一回事嗎？」

原諒我寫那麼多的親子家庭書吧，誰要我當了十年的ＳＯＨＯ族呢？我只能安慰自己說，偉大的兒童心理學家皮亞傑的理論也都是先從身邊自己的孩子做爲觀察的基礎，其實他不只是想了解兒童而已，他是透過兒童做爲他了解知識發展過程的科學哲學家。我想寫的也不只是親子的生活而已，我想寫是透過親子生活反映了我們的九○年代，一個威權快速瓦解、本土化快速形成的全新的台灣社會。

有個朋友問我說：「爲什麼每次看你寫起孩子，都充滿了崇拜呢？」我解釋說：「我只是用一種欣賞的角度來寫著自己孩子的趣事，孩子看了就會愈來愈有信心，他們就會朝著最好的那一面去發展。因爲他們知道，你是很以他們爲榮的。這和過度的期待完全不同，過度期待反而會讓孩子失去信心，因爲他們達不到你的期待就會焦慮。」書中的你，和眞實的妳，到底有些什麼差別？那十年的親子家庭書寫，我到底是提供了一些進步的生活觀念給讀者，安慰了許多孩子寂寞的心靈，或是我寫了太多你們的隱私，做了不良的示範，只有留給別人來論斷了。

記得你在寫著自己的求職履歷表時，問我要不要把《爸爸，我要休學》和《爸爸，我還要玩》寫在創作年表中，因爲這兩本是和我合寫的，如果寫上去就是讓對方知道了你的身分。我告訴妳說：「其實，這個時代很現實，大部分的人都不會在意你是誰的女兒。他們在意的是，你的實力，和他們的需求。你坦然面對眞實的自己，別人要如何判斷和做決定，就留給別人吧。時間會證明一切，放輕鬆點。」

你永遠會是你自己，不用太憂慮。

14 夢想

這都是我沒有面對自己的報應嗎？三心二意的最後什麼都會卻什麼都不精，別人總是說你看起來很優秀，但不知道要把你放在哪個位置。

笨鵝：

快要畢業前，我整理了一份我最得意的作品集，寄到皮克斯去申請他們的暑期實習營。那天整夜沒睡，爲了等待笨頭從紐約傳我們之前拍的影片過來，第二天我信誓旦旦地把我所有的智慧財產放進一個有泡泡紙的信封，寫上皮克斯的地址，跑去寄國際快捷，花了我四十多歐元。

寄出去的時候我知道我是不抱任何期待的。但不做這麼一個動作，就好像犯癢似地哪裡不對勁。大概只是要給自己一個交待，說我有在認眞追求夢想。但其實從小，我就只想過簡單平淡的生活，也許那也是受了你在家那十年的影響。看你和笨姆每天都可以去爬山，散步，和進行一些瑣碎的小事，我覺得那樣就是幸福了。我曾經跟你說，我想要開一個娃娃店，賣自己做的娃娃。即使那時很小，我其實也並沒有把自己的話當眞，就像我一直都知道沒有聖誕老人，我從來就不覺得夢想是應該要被拿來實踐的。

佛羅倫斯有家很小的娃娃店，是由兩個藝術系畢業的女生開的。她們的娃娃很有特色很漂亮，賣得也不便宜，但因爲觀光客不少，倒也經營得下去。我常常經過那家店，小小的透明店面，坐滿了大大小小的娃娃，兩個義大利女生坐在縫紉機後面，工作檯上放了各式各樣的手腳和眼睛。我

突然想起小時候跟你說的那個，我自認爲純粹只是夢想的夢想；我們生活在台灣，習慣了凡事都不能盡人意，生命要克服痛苦才會開花結果，但其實世界上還有一些人不是這樣生活的啊。

還有很多人是心態悠閒的，嘴裡叼著麥桿，有點困窘窮酸地，單純做自己想做的事情。慢慢地，不急迫地，像貓一樣的生活著。

而我們卻一直不敢正視自己眞正想做的事，一直拿現實生活做爲藉口而不努力。我本來是想要去學插畫的，但我很害怕這樣的學位在找工作上也不會有幫助，所以我最後還是選擇了設計；兩年下來我連波隆那都不曾去過。

其實我只想做純創作。我一再發覺設計對我而言眞的太僵硬了，但我卻一直這樣歪扭的走下去。創作是吃不飽的，雖然從小看你這樣的工作模式，我一直相信你擁有的不是一般人都會有的幸運，是我不會有的幸運。回來之後我試了動畫公司、廣告公司和網路公司，但不想錄用我的理由總是很多，大部分是覺得我的作品太藝術、太像創作了。但就連一家藝文中心，最後也還是嫌我的平面設計不夠強。動畫公司的編劇組要我去考筆試之後就沒有回音，一家網路行銷公司說抱歉，人事臨時調動不需要人手了。還有一家恐怖的小設計公司，打電話來的時候我趕緊說我已經找到工作；另一家個人動畫公司想要錄用我可是不肯談薪水。

我還試了出版社和小劇場故事編劇，他們大多連我的履歷表都沒打開。這都是我沒有面對自己的報應嗎，三心二意的最後什麼都會，卻什麼都不精，別人總是說你看起來很優秀，但不知道要把你放在哪個位置。

也許是對自己的夢想誠實點的時候了，我如果說我想走純創作，你會給我看你那個沉默又荒涼的表情嗎？

笨咪

15 誰才是幸運兒

我完全不打算插手你找工作這件事，我希望你自己去碰得鼻青臉腫的回家，對你而言會是很好的體驗。

笨咪：

知道你最近去應徵了許多工作，每次回來都以爲對方很欣賞你，結果都是錄取了別人，你常常是被列入後補第一名。你說別人總是說：「你看起來很優秀，但不知道要把你放在哪個位置。」你終於相信我的話了，不管你是不是我的女兒，你的命運總是一樣的。我完全不打算插手你找工作這件事，我希望你自己去碰得鼻青臉腫的回家，對你而言會是很好的體驗。

你有一個已經在保險公司工作的朋友給你忠告說，不要把目標訂太高，也不要滿腦子理想，否則會一直找不到適合的工作。於是，你開始慌了，降低標準去打工也好，然後可以在家裡進行各種創作。我非常同意你一邊打工一邊開始創作，我不會給你荒涼沉默的眼神。你也可以試著去做一些將來上班後就沒心情和時間去做的事情，你要把這段人生中難得的空檔，視爲人生中最自由的時光。有一天你眞的去上班了，可能是那種沒日沒夜的加班，連想去的短程旅行都要請假扣薪水。那時候你可就會懷念這段還沒就業的自由時光了。

我從美國回到台灣打算一切歸零的那一年，也和你現在的情況有點相似，只是二十九歲的我已經結了婚有了孩子。那時候我下午在聯合報的副刊兼差，其他的時間用來寫電影劇本和寫小說和散文，我的收入來源依序是電影劇本、版稅、稿費和報社給我的特約撰述薪水。一九八〇年，正是一個文字很値錢的鼎盛年代，一年的收入就可以買一棟三房兩廳的公寓，可是我卻過得非常焦慮而不快樂，常常鬧胃痛生病，爸爸也一直認爲我這樣在家沒上班就是失業，一度急得中風倒地，最後靠他自己的意志力又復原了。

那一年我絲毫沒有成就感，我寫了五個電影劇本都沒有機會拍成電影，我對於自己寫的小說也極度不滿意，每篇小說都燃燒著一股莫名的對時代和對自己的不滿。電影界的朋友都認爲我不該放棄攻讀分子生物，回到台灣來淌電影圈的渾水，當時正好電影圈又不景氣。他們說：「在台灣搞電影前途茫茫，讀分子生物才有未來。」我一整年都活在憤怒和茫然中。

那年秋天我無意間來到德國文化中心，電影放映室正在放一部德國大導演溫納・荷索（**Werner Herzog**）的《生之表徵》（*Signs of Life*），完全不同於我過去對電影的理解，我決定找機會再看一次，然後詳細作筆記。那段自由的時光我一個人如獲至寶般的常常去德國文化中心看德國默片時代的表現主義電影和德國新浪潮的電影，認識了像法斯賓達（**Rainer Werner Fassbinder**）和溫德斯（**Wim Wenders**）這些大師的作品。我開始嚮往著有一群年輕編導們在某個時代創造了他們的電影潮流，見證了那個時代，可是這樣的理想是要由一群人共同完成。

就是因爲這樣的嚮往讓我想通了，有許多夢想不可能靠一個人坐在家裡完成。第二年，我就決定去一家台灣最大的電影公司上班，結束了在家工作一年的焦慮不安時光。這一年的憤怒和茫然給了我極大的驅動力量，後來，我所嚮往的運動和潮流果然發生了。

你常說像我這樣幸運的人不多，也許有一天你會發現，要實現夢想並不難，你再等一等，或許你才是眞正的幸運兒呢。

笨鵝

16

人是用來操的嗎？

環境把我們變成了自我價值毀壞的卑微小動物，還要硬說我們驕縱不耐操，人是拿來操的嗎？

笨鵝：

今天我和一個還在念高職的小朋友敘舊。我們在網路上認識，是一個很有趣的少年，喜歡畫畫，有一個街頭藝人老爸。每次講到他老爸的時候，他的情緒就很複雜，又氣又崇拜的。氣是氣他當街頭藝人搞得一家都很窮，卻又同時深深覺得老爸其實是個有才華的畫家。最後他還是決定要念廣告設計，朝著自己的興趣有點兒辛苦地慢慢前進。

我們在咖啡廳聊天，他說他現在放暑假在一家廣告公司打工，說是打工，卻是什麼都做。美編、排版、打雜、修圖。像今天早上，他其實是出來幫公司買一條印表機電源線，剛好到附近，趁機偷點時間來見見面。我和他說我最近找工作的心得，聊起千篇一律設計人的心酸。設計在台灣還停留在美工的觀念，創意並不值錢，美術專業並不高尚，一般廣告公司都是業務取向，客戶是老大，就算他們把狗屎當黃金，你也得違背自己的原則咬著牙做大便給他們開心。

我說每次面試到後來，要講薪水時就更刺激了。兩年前我大學畢業，應屆學士設計師薪水是三萬起跳，試用期兩萬七。我覺得這樣的薪水還不如我去念個碩士，把本來應該要從基層打滾起的那兩年時間，去增廣見聞還較划得來呢。結果當我回來的時候，那三萬起跳已經變成了應屆碩士的價碼了。而大學生則只能拿到兩萬三，頂多兩萬五。剛開始我咬著牙要三萬五，之後我便失守了，乖乖的降下身價到三萬，還有個小公司更是不甘心，不停地喃喃重覆說，他花一萬八請個高職生也是「好用」的很。

那少年笑了，他就是那個拿一萬八的好用高職生。問題是高職生也是人，甚至比大學生還要專業，拿一萬八被用到掛，難道不會覺得很嘔？沒辦法，他聳聳肩，事實就是這樣，你不要，有別人要啊。而生活總是要用到錢，再難賺都是要賺。我嘆了一口氣，眞的抬頭看了看咖啡廳裡面的徵人啓示。他知道我在想什麼，而且還對我這樣的釋懷覺得很正面，在連鎖店打工的收入可能也不會比簽約正職差多少了，少一點專業，多一點悠閒，也許用其他時間做創作，又有何不可？我那個米蘭的碩士學位，就當作是拿經驗的吧。

之後我陪他到3C店裡面去買他那條狗屁電源線，我看著他，想起我們剛認識的時候我已經在念大學，而他還是國中生。那時他眞的是一個非常開朗又具有特殊幽默感的小孩，總是在團體裡面十分活躍，又常常妙語如珠逗得大家捧腹大笑。而現在他看起來就是一個所謂的「草莓族」的模樣，變得有點木納，有點詞窮，有點尷尬，帽簷壓很低，眼睛不看人。

環境把我們變成了自我價值毀壞的卑微小動物，還要硬說我們驕縱不耐操，人是拿來操的嗎？整天大操小，老操少，世界就會運轉，大家就會比較富裕嗎？我認識的那個朋友已經不見了，消失在這個畸型變態的搶錢大作戰裡。他申請就學貸款爲了訓練自己擁有想要的專業，最後只落得一個「低價又好用」的地位，我眞的只想罵一聲「操」。

那刻，我眞的很無奈。

笨咪

17 前浪還在浪頭上

為了貫徹人事晉用和升遷的透明化，我規定不管職務高低只要遇到有缺，就一定要對外公開招考，我也要親自參加最後的面試。

憤怒的笨咪：

看來你是愈來愈憤怒了。是爲了你自己？還是爲了你們有志難伸的七年級，被迫稱爲草莓族的人？那就讓我告訴你事情的眞相吧。

來到這家公司後我發現過去有個內舉不避親和很容易牽親引戚的傳統，更壞的示範就是挑員工時還得看後台和背景，你知道我一直很討厭這樣的舊文化。爲了貫徹人事晉用和升遷的透明化，我規定不管職務高低只要遇到有缺，就一定要對外公開招考，我也要親自參加最後的面試。剛開始有些主管誤會了我，以爲我是有很多人情包袱所以要親自面試，以方便錄取自己內定的人。後來他們終於相信我沒有任何被關說的人和人情包袱，我只是希望公司能錄取到最好的人才，我要親自錄取我們公司需要的人，也想讓這個社會更公平正義一點。在這方面我是六親不認的。

最近我們工程部缺一個技術人員，有三個人進入最後的決選，第一個是名校的研究所畢業，剛服完兵役沒有工作經驗，他要求的薪水是三個人中最高的。第二個是工作五年，因為不滿意原來公司的分紅制度憤而辭職的年輕人。第三個是年資十多年，因為公司關門提早失業的中年人，他為了要爭取這份工作，寧願只要原來薪水的一半。如果你是老闆，你會錄取哪一位呢？結果我們公司的主管毫不猶豫的都投了第三個應徵者一票，因為物美價廉，立刻可以上手工作，當然，也符合你說的耐操，任勞任怨的。於是七年級生又失去了一個工作的機會。

這就是「長江後浪推前浪，前浪還在浪頭上」的現象。做為你們這一代的年輕人其實機會並不多。當初五年級生以為漸漸取代了四年級成為掌握權力的人，其實許多四年級的人還苦苦守著位子等著更大的浪潮要興起。六年級的機會已經不多了，何況你們七年級的「草莓族」呢？所以你們面臨競爭的對象是跨世代的，將來必定是跨國界的。更重要的是，上個世代的人為了生存其實也都很能吃苦耐勞的，像我們這個世代的人有工作狂的人更是不少。

你哥哥笨頭也回台灣了，他這次回來是要當同學的製片，他們計畫到海南島拍畢業製作，難得我們一家四口又能短暫的相聚了。笨頭送了我一瓶高檔的男性香水，他說：「這是我的一點心意，塗上這個香水之後就會讓女人失去理性。」我這輩子從來不曾用過香水，我想他是眞的想不到能送我什麼禮物吧？我對他說：「你趕快畢業吧，那會是給我的大禮物。」

「百日維新」的第四十二天，我準時去上班，桌上又是一堆的公文。我照常主持著每週一次的產銷會議，上週五、六、日的收視率相當不錯，主管們心情都很愉悅。我對著新聞部的主管說著一些我認爲新聞的大方向，說了些很嚴肅的東西，像未來台灣社會的去帝國和去殖民，我們要有能力分辨什麼事是對社會好的、進步的東西。因爲我們公司已經公共化了，我們要守住社會的責任。

今天也是我開始接受脊椎復健的第一天，你陪著我走去附近的醫院，下過大雨後的夏日夜晚靜靜的，我覺得自己很幸福。

18 伯樂在哪裡？

原來「有才華」的人有一種長相，那種長相讓人不敢託付。

笨鵝：

我又「落榜」了。

我遇到了一個超級欣賞我的主管，那怎麼還落榜呢，說來話長。她是一個小網路廣告公司的老闆，但他們應徵的是外派人員；一個外派到某金融機構網路部門的美術。她說那個工作錢多事少很規律，只是無聊，沒有什麼挑戰空間，她只怕我不想要，不怕我不夠格。我說，想要想要，我只要有錢賺，剩下的我自己會補滿。

她說她也是這樣想，像我這樣的人才，應該要擁有一個能填飽肚子的閒差，然後放心的發展自己的創作。不過，她不能只推薦一個人選，所以她在眾多履歷裡挑了兩個人，讓對方公司的老闆去決定。所以我是這樣落榜的，對方的回應很客氣，說他們也很喜歡我，只是覺得像我這樣有「才華」的人會比較不穩定，可能覺得無聊就會跳槽了，於是他們選了另一個年紀大的。對了，這也成了一個我常被婉拒的理由。

後來我跟那小網路公司的老闆接了一個案子，然後提著電腦跑到他們辦公室去做，打發時間也當認識朋友。公司裡的企畫有天把我叫到陽台，邊抽著菸邊對我說，老闆很怨嘆，想把我留在身邊，只是公司沒有錢，沒辦法多請人。老闆甚至說，要是她有閒錢，一定要聘我來養著，讓我有空間和餘力做自己想做的事。她沒有當成我的貴人，沒讓我領到爽差，心裡很難過。我覺得有點受寵若驚，一個只是讀了我的作品集，和我談過幾次話的人，會那麼極端的欣賞我。但也讓我了解到，其實要給出一個工作還眞的是有很多因素的。

在義大利的時候，就有同學說過我看起來是那種只適合做自己事業的人，不會想要忍受上班生活。也許我的人格特質是這樣讓人感覺有點與眾不同，自命不凡，但我其實是很想要上班的，在一個團體裡面，大家分工合作才會有樂趣。後來我學乖了，面試的時候都先強調我是一個非常「穩定」的人，但我大概就是一臉「我很隨興」的模樣，所以從來沒有人相信。

啊，原來「有才華」的人有一種長相，那種長相讓人不敢託付。除非是遇到伯樂，不然我就只能當隻野馬，跑在那爬滿了米蟲的荒涼地，等等看會不會下一場金幣雨。這樣想會不會很阿Q呢？等待伯樂是不是很消極？但是我真的碰釘子碰得好密集，甚至開始寫信到各個美術館去毛遂自薦說，我想要在有文化氣息的地方工作，就算當個櫃台小姐也行。想當然他們應該是不會鳥我的，我只是想試試亂槍打鳥，會不會打到伯樂罷了。

找不到工作真的好悶哦。悶到好像肚子被捅破一個洞，各式各樣的失敗感源源不絕地滾出來攤在眼前，嘲笑我天真、無用、不合群又沒人愛。等到那些失敗感都流滿地了之後，我就是一個連失敗感都沒有的廢人了。

笨廢咪

19 千里馬和大石頭

千里馬會變成跛腳馬，也會變成大石頭。大石頭也有兩種，一種是阻礙集團進步的大石頭，一種是阻擋別人利益的大石頭，我到底是哪一種呢？或許兩種都是吧。

找不到伯樂的笨廢咪：

怪自己沒有遇到伯樂前有個前題，那就是你得認定自己是一隻千里馬。當然啦，到底要到什麼程度才能說自己是千里馬？《時代》（*Time*）雜誌每年都要選一百個時代人物，他們的定義是英雄、先驅、革命家、創建者、巨擘、思想家等，台灣目前只有三個人曾經被選上，他們是陳水扁、李安和王建民。所以，我們得先降低「千里馬」的標準，那就是身上有某種特殊優點卻又「不容易」被「一般人」發現的人；而能發現這個人身上的特殊優點、又能提拔他的，就是伯樂。

成長中我一直很矛盾。有時覺得自己身上有些特殊的能力，有時覺得自己浪得虛名、欺世盜名，浪費社會資源，對不起國家社會的栽培。其實我的信心相當脆弱，還好這一路上遇到非常多的伯樂。我的伯樂開始出現在我讀到中學之後，一個教我國文的朱永成老師，她說我應該朝著作家的路發展，也送了我很多課外書，當時我還很生氣，因爲我想當科學家。另一個是我的導師金遠勝，他一直認定我有領導群眾的魅力，堅持要我連續三年當班長，他還說我是這方面的「天才」，一定要善用這個能力爲社會多做些事情。當時爸爸很生氣的說：「如果天才的定義是大傻瓜，專門做別人不要做的事情，那我勉強同意。」

四十年後的今天，回頭看我走過的道路，似乎還能符合兩個伯樂的判斷和眼光。我求學過程並不是一帆風順，我也遇到過把我考卷丟在地上或是狠狠的海扁我一頓，揚言要開除我的老師，所以對於兩個伯樂的知遇之恩，我會用一輩子的時間來訴說。

在寫作這條道路上我遇到了更多的伯樂。像我在大學時代投稿到中央日報副刊，當時的主編夏鐵肩先生從原本要被退稿的文章中挑中了我的稿子，直接問我能不能寫個中篇給中副連載，我硬著頭皮答應，就寫下了讓我提早感受到成名滋味的《蛹之生》。接著我又投稿給聯合報和中國時報的副刊，當時兩位主編都採用了我的小說，一位是平鑫濤先生，一位是高信疆先生，讓我的作品給更多人閱讀。後來又遇到了另一個影響我更深遠的伯樂，那就是接著平鑫濤先生主編聯副的駱學良（馬各）先生，他和我簽下了一紙特約撰述的約，每個月有固定薪水可領，條件是每個月至少要寫一篇小說。在他的「逼迫」下我認眞寫著小說，第二年就得到了首獎，讓自己更有信心。

這些年來我遇到太多的伯樂，他們變身成各式各樣的角色，鼓勵著我或直接助我一臂之力。最近的一次遇到伯樂，可是很大規模的「一群伯樂」。去年我被人推荐參加公共化後的第一任華視總經理徵選，我寫了一份報告接受兩次的面試，那些有投票權的面試委員來自不同領域，包括經營、管理、法律、環保、文化、族群、財務、傳播、文學、影視等。他們把手上的那一票都投給了我，那一刻，他們眞的都是我的伯樂，我好開心，我知道我人生中截至目前爲止最大的挑戰就要開始了。

不過也才不過一年多的時光，千里馬好像成了跛腳馬，一路走來歪歪斜斜的。就在今天，曾經也投了我一票的伯樂臉色凝重的對我說：「站在朋友的立場我很誠懇的奉勸你，你要小心處理這段敏感的時間，根據我的情報，你已經是一些人心目中的大石頭了。如果你不主動表態說你會離開這個位子，那麼一波波的攻擊和黑函不會停止。」我忽然很想笑。千里馬會變成跛腳馬，也會變成大石頭。大石頭也有兩種，一種是阻礙集團進步的大石頭，一種是阻擋別人利益的大石頭，我到底是哪一種呢？或許兩種都是吧。

其實我早已被迫簽下要離開的同意書，只是還是有人不放心而已。這是「百日維新」的第五十三天，我想做的事情還很多，只是快沒有時間了。

夏天過了，秋天就要來了，希望你的憤怒和不平可以略略降溫。

大石頭笨鵝

20 正道・安心

不管我會做什麼工作，未來要如何發展，我只求一直走在最終會通往真理的正道上。

笨鵝：

我找到工作了，笨姆一直說是那兩個天燈的緣故。

笨姆不知從哪裡看到平溪支線一日遊的旅遊建議，所以就一直說要帶廢廢的我去散心。我們去的時候搭錯火車，七轉八轉的，等到買到了小火車的票時，太陽都已經要下山了。話說若是我們母女倆出遊，總會有一種淒淒然的味道，可能是因爲每當這種情形發生，就代表著我們之中有一個人的心情跌到谷底；不然正常的情況是三人出遊，或是你跟她出遊，我一個人自high。

總之我們先去吃了雞卷，然後步行回平溪時正好天黑了。要找買天燈的店不難，我們隨便找了一家，一人買了一個。但要在天燈上寫什麼字倒是一門學問，如何把願許得又大又合理，又要可以有點文學味兒的一言蔽之。我和笨姆想了很久，覺得不應該是寫「趕快找到工作」和「身體永遠健康」，這樣顯得很俗氣，俗氣的願望是不會實現的。

最後我在我的天燈上寫了「正道」，笨姆寫了「安心」。我說因爲不管我會做什麼工作，未來要如何發展，我只求一直走在最終會通往眞理的正道上。笨姆說不管人生中做了什麼選擇，發生了什麼事，她只希望能夠心安理得，不虧待別人。然後兩個天燈就堂堂皇皇的放飛了。那天晚上風很小，我們的天燈順利直達天際，然後在氣流中繞著圈，變成兩顆小小的星星。

回家的路程上我吃到了好久沒有吃的火車便當，吃光光之後好像心情眞的比較好了。

今天我去面試一家才剛成立快滿一年的網路廣告公司，因爲創辦人找了企業投資，辦公室很新很漂亮。我還是一樣老老實實的介紹了作品，然後他們馬上要我去上班。原因正是他們是新公司，打算要開始擴張，並沒有在特別找哪一類型的人，只要是他們認爲有潛力的，統統來者不拒。

我覺得這家公司觀念很新，對於廣告這一塊領域的認知，和我在義大利學習到的觀念很接近。再說上班環境也很好，又在台北車站附近，交通方便。就我之前看過的十幾家設計公司比較起來，眼前這個機會已經非常理想了。

我和公司說，中秋節之後才能開始上班，因爲我手上還有一個案子要結束。我這個週末要去當中國時報和BenQ合辦的圖文創作獎的評審，加上前陣子開始的專欄，我已經完全不鬱卒了。我現在可是個有頭路的人，不但有了正職還有副業哩。

也許眞的是老天獎勵我們這對正直的母女了。

不再是米蟲的笨咪

第二篇。

上班生活

21

災後殘陽

我忽然想起高中時代參加三千公尺的長跑，當我跑到最後一圈時竟然趕上了跑在最後的選手整整一圈，當我衝線後兩隻腳抽筋倒地，同學們跑進來圍著我說：「真是精彩，你已經盡力了。」

終於有人要的笨咪：

今天是百日維新的六十六天，當我上班時還可以看到昨天公司災後所遺留下來未乾的水漬。

昨天是你幸運的一天，因爲你終於找到了你人生中第一份上班的工作，對我而言卻是不幸的一天。爲了配合公共廣播集團的新聞平台的需要，我們要增加新聞部的剪接室，在施工過程中一個體重過重的工人弄斷了消防用的水龍頭，如豪雨般的大水噴了出來，往電梯方向流去。已經是深夜下班的時間，公司立刻啓動了危機處理，沒有讓災情擴大，也先搶修了兩台電梯，讓今天上班的人可以照常搭電梯上下。當初我剛到時，公司的員工曾經很驕傲的對我說：「我們公司的員工都很主動，總經理請假三個月，公司都還可以運轉。」果然一切都證明了，只可惜一年多來我連三小時的假都沒請過。

今天的行程依舊很滿。一大早就要面試新聞部和工程部的新人，我特別注意到其中一個和你同年齡的，來自南部的小女生已經有不短的工作經驗了，她要求的待遇就不是剛畢業的那種低薪，看來，七年級生眞的開始進入職場了。我打開電腦處理一些電子公文，看一些財務和業務的報表。然後就趕去參加一部偶像劇的開鏡儀式，這是我們和一家製作公司合資的偶像劇；有偶像劇教母之稱的製作人在舉香拜拜時口中唸唸有詞，然後望著香爐上的香發楞，彷彿在等待神明的暗示，或是等著看會不會發爐。全場的人都不敢出聲，有點像是看著乩童如何傳達天意。影視這個行業很矛盾，採用的都是日新月異的器材，可是對於拍片過程都相當敬畏天地相信鬼神的。

中午，我趕著在吃中飯前去新聞部和其他單位發這個月的生日卡，這張卡片是我用大樓的造型畫成一個三十五歲的女人，上面寫著：「今年，你的生日在華視度過，希望將來你會記得這一段華視最艱辛的日子，祝生日快樂。」親自送生日卡給每個員工，是我想出來可以接近員工的方法。我把員工當成是公司眞正的主人，我知道我是有任期的，更何況這次我是連任期還沒到就得離開，所以我知道自己的角色扮演。當我送卡片到管理部時，他們就將昨天災情的發生過程和處理方式做了一個詳細的簡報，因爲當場有攝影記者在，就立刻將過程拍了下來當成是證據，可以向廠商索賠。

我的中餐是湯餃。爲了想快點排除體內昨天去醫院做同位素運動心電圖檢查所注射的放射性元素，我一直喝著水，一口氣喝掉三瓶。我昨天在醫院做檢查時，身上插滿了注射筒，綁著很重的儀器在跑步機上慢慢加速跑著，護士不斷的問我說：「你還行嗎？」我很好強的說：「沒問題。」其實我快跑不動了。我忽然想起高中時代參加三千公尺的長跑，當我跑到最後一圈時竟然趕上了跑在最後的選手整整一圈，當我衝線後兩隻腳抽筋倒地，同學們跑進來圍著我說：「眞是精彩，你已經盡力了。」

黃昏時，我靜靜的看著災後的血色殘陽，心裡默默的想著高中時代同學們抬著我離開跑道時說的那句話：「你已經盡力了。」

或許，這就是我人生的縮影。

22 下一個中秋節

我討厭拖泥帶水和無法下定論的麻煩事兒，有時甚至寧願先把後路斷了，也不想要留下三心二意的機會。

笨鵝：

你眞的變悲觀了。要是以前碰到這種倒楣事，你一定會拍著大肚皮說「遇水則發、遇水則發」，現在你居然用「不幸」這種戲劇化的字眼來形容淹水，過去你可是連驚嘆號都從不會在文章中出現的人哩。

中秋節要到了，以前你在家自由寫作的時候，年節禮品從來就不會是個困擾，頂多出版社的朋友互相送一送，熱鬧熱鬧。可是每當你恢復上班後景況就不大相同了。偏偏你總是懶得拿禮品又臉皮薄，就把別人送來的禮品分送給同事，你完全沒有鑑賞能力，總把最好的送光了，自己只拿了盒熟到開始軟爛的水果禮盒回來，說是因爲大家都怕胖，挑水果準不會被罵。

最後你還是被罵笨。笨姆說你好歹也拿一盒月餅回來孝敬你那個在紐約又很嘴饞的兒子笨頭，他雖然人在國外，每逢過年過節倒是沒有忘記過傳統習俗，吵著要吃這個吃那個。我也罵你笨，說小盒好帶又美味的月餅不拿，硬要帶又重又爛的水果回來，老骨頭都要提斷了，這樣保住面子很值得嗎？最後最開心的還是我們家的老貓笨優，因爲水果的紙箱很大夠牠藏身，牠又可以開始想像自己是狡兔有三窟，玩得長毛滿天飛。笨鵝，你眞的很笨。

我今天帶了一盒糖果去送給之前沒有給我工作，但是很欣賞我的那個老闆（因爲家裡連一盒月餅都沒有），居然還被她笑說我沒有誠意。然後我寫信給那些說要讓我排在「後補」的公司，說謝謝不必了，掰掰有緣再相會。之後我把資料從一〇四人力銀行（我差點就要把它設成首頁）上撤了下來，免得又有奇怪人士打來要我去面試（什麼保險業的啊、電腦叢書編排之類的）。在做這些事情的時候，我簡直可以聽到自己的心裡在哼著歌兒，有點像是考完聯考之後，開始把教科書和參考書通通拋進回收箱那樣的爽快。

我喜歡在有結論之後，把過程和旁枝末節通通清掉歸零。就像我可以把幾千張的手繪動畫稿毫不心軟的扔到垃圾場，只留下一個動畫檔案。我討厭拖泥帶水和無法下定論的麻煩事兒，有時甚至寧願先把後路斷了，也不想要留下三心二意的機會。但我知道人生其實無法總是這樣乾淨俐落的。但這種潔癖的生活態度不是說改就改得掉，也許在做了決定之後，才會發現那個決定只是一盒爛水果，但其餘的機會都已經拱手讓人，後悔莫及了。通常依我的個性，也就只好再默默等待下一個中秋節了吧。

希望今年中秋節我挑到的，是一盒合胃口的好月餅。

笨咪

23 人生的加減法

你習慣一定要把事情的前因後果想通後，得到自己可以接受的結論才能往下一步進行。你對於沒有結論或曖昧不清的，或是盤根錯節的東西感到不耐煩。

上班族笨咪：

中秋節的連續四天假放完之後你終於要上班了，這是你人生旅程中正式上班的第一天，就像小時候，你第一天上學那樣的令我興奮。

你上班的地點在博愛路靠近火車站，於是我就說了一段於關於博愛路的歷史給你聽。我說那在台北城內算是很古老的街，也是很多人進入台北城時會經過的第一條街，日本人在這條路上蓋了很多文藝復興時期的歐洲建築。我說完後忽然覺得自己很固執，明明知道你最沒興趣的就是所有和歷史有關的事物，偏偏我就是愛提醒你任何關於歷史的事情。

從小不管你做什麼事情，我總是忍不住提醒你這件事情的「意義和更豐富的內涵」，我很認眞的陪伴著你和哥哥笨頭長大，常常做些自以爲是的事情，在無聊的生活中不斷的加入各種各樣的意義。過去還沾沾自喜的以爲自己是個很有創意和知識的老爸，回想起來我似乎用了太多的力氣。如果當年給你太多的壓力，還請你寬恕，因爲我自己從小一直活在「凡事要有意義」、「休閒遊戲是罪惡」的焦慮中，我很擔心自己會將這樣的焦慮感傳染給我的下一代。

你在上封信說到你潔癖的生活態度，你說你喜歡在有結論之後將過程和旁枝末節通通清掉，把自己辛苦畫好的幾千張手繪動畫稿毫不心軟的丟棄，你說你討厭拖泥帶水和無法下結論的事。其實我知道，你習慣一定要把事情的前因後果想通後，得到自己可以接受的結論才能往下一步進行。你對於沒有結論或曖昧不清的，或是盤根錯節的東西感到不耐煩，你總是想整理出一個你能理解或掌握的結論，然後義無反顧的往下執行，你不會瞻前顧後的猶豫著，就是錯了你也往下走。這點你和笨姆相似，用減法來面對壓力，面對你的人生。

我想我一直是用加法在處理我的人生，我是用垃圾回收的態度面對自己的生活和工作。我很不習慣丟棄任何在未來有可能參考的資料和剪報，因爲我就是從自己小時候的日記和爸爸留下來的日記中發現了許多珍貴的史料，隨著時間流逝，這些資料替代了我記憶不足的部分。久而久之，你就會把一些你的資料交給我說：「給你垃圾，將來變成黃金。」我把你中學時代所寫的週記本全都重新包裝，每一本都有一個新封面和書名，將來有一天當你夠老了，你一定會抱著那些我替你留下的週記本，痛哭流涕的懷念我。

我曾經是個野心勃勃的大學生，對人生也有很多的想像。我想當科學家，也想當文學家，想當童話家，也想當運動員、聲樂家、畫家。最後這些野心和想像都化約成了「當一個出人頭地的成功者」。我用加法來降低我從小就有的焦慮感，其實，我無法盡情的享受生命中許許多多細微的喜悅和快樂。我不希望你和我一樣。

你上班的第一天，我故意在ＭＳＮ上問你說：「要不要我去接你下班？」你說：「不必，我搭捷運。」我說「故意」，是相信你會說不必，因爲你很體貼。你上班的第一天，是我「百日維新」的第七十八天。也就是說，當第一百天到來時，我將照原訂計畫離開這個讓我人生變得「非常悲觀」，甚至有點「絕望」的地方了。

祝你上班快樂，也祝我自己下班快樂。

笨鵝

24 MSN的妙用

老大們整天跟客戶吹噓拍馬屁，毫無底線地出賣自己的設計師，這種令人髮指的行為，都被我零時間落差地用MSN傳達到樓下設計部門。

笨鵝：

現代的公司都有一個共通的問題，那就是MSN到底能不能用？我們大老闆總是信誓旦旦地說，他棋下子公司一律不准使用MSN，爲了比照大企業，照他的說法是大企業的員工不但不能連上外網，電腦上也不配備光碟機，以免企業機密外洩。不過顯然大老闆對於數位科技犯罪的奇妙還只是一知半解，若不裝備光碟機，是不是主機、甚至鍵盤上的USB孔、SD卡槽也要通通用臘封起來？否則隨便一支小得像壓舌板的隨身碟都有4G，200G的隨身硬碟也已經不比一台卡帶式的隨身聽大，而且價格便宜得驚人。

總之每次大老闆在訓戒他的企業陰謀論的時候，大家都是吐出舌頭打瞌睡，總監會向大老闆請命，說我們是網路公司，ＭＳＮ一定要連上線，方便檔案傳輸、案例分享，與客戶保持密切的交流。但除了這些冠冕堂皇的理由，ＭＳＮ的確可以讓我們這些小螻蟻們暗中進行許多祕密交易。比如說下班後要去哪裡，線上會議一開就是十幾個人，大家夾縫中上網搜尋好康的，再丟上對話框。一陣叫罵之後難有結論，尤其是當大家都很忙，線上會議雖然有很多人被拉進來，卻只有少數一兩個正好沒事的企畫在洗版。

比較有效達成串謀的對話，是公司裡的某個人把「同一國」的同事們通通拉進ＭＳＮ，大家約好了第二天穿同一個顏色的衣服來上班。等到隔天上班的時候，所有衣服顏色跟大家不合群的，就會知道自己人緣不好，被排除在同事的玩樂圈外，從頭到尾沒人吭一句，但心中冷暖自知。

除了這些「大規模」的計畫性共謀，ＭＳＮ的妙用無窮，也只有我們這些非主管階級的小鬼頭才能體會。像我坐在樓上動畫部，和業務客服主管們對面桌，常常一邊揮動我的數位筆，一邊耳朵豎得老尖。老大們整天跟客戶吹噓拍馬屁，毫無底線地出賣自己的設計師，這種令人髮指的行爲，都被我零時間落差地用ＭＳＮ傳達到樓下設計部門：「Ｗ馬上要掛電話了，掛了電話他就會下去找傑克，客戶又要在首頁上加東西了，傑克要有心理準備，如果太不合理要趕快想個理由搪塞。」

有時時況轉播只是爲了娛樂效果：「尖叫了尖叫了，剛才客戶打來說，我們那個X的案子比到了，H爽得像白痴，T好像中樂透，其實是想到自己的業績。慘了，我怎麼笑不出來啊，已經加班好幾個星期了，看來又要沒好日子過了。」

「就是啊，比到是業務的功勞，沒比到是設計師的錯。最後做到吐血的還是設計師，業績都是業務的。設計師沒獎金又沒加薪，加班又沒有加班費，廉價勞工啊。」

像這樣你來我往的隔空抱怨，MSN是渺小的我們互相扶持的好幫手，高高在上如笨鵝你，一定無法感受像我們這般苦澀又甜美的滋味吧。

上班族笨咪

25

連生氣都選錯時機的人

我很在乎企業文化，我要的是開放和主動，我討厭威權和形式。我很少在公共場合發過脾氣，開會的時候盡量維持笑容，盡量用鼓勵的，我不會生氣，我學不來。

上班族笨咪：

關於MSN的妙用我都知道。我也知道每天我的行蹤都會經過別人的MSN傳出去，我連去內湖的公視開會時，在會上罵人的內容都會被參加會議的人透過MSN用現場實況轉播的方式傳回華視，等我回到公司時，幾個等著我開會的經理們都很有默契的竊笑著，好像是說：「不容易呢，還會生氣哩？」

我還知道我和副總經理、總經理特助都被員工們取了代號，他們會在MSN上這樣寫著：「蝙蝠俠上樓了，他直接走進小金剛的辦公室。」「怪醫黑傑克也去小金剛的辦公室了，表情很嚴肅，好像發生了重大事情。」「小金剛的辦公室關門了。很不尋常。平常小金剛不喜歡關門。」「三個老男人在辦公室裡面已經一小時。爬斷背山嗎？」「怪醫黑傑克很激動，三字經終於出現了。」我們在年輕員工口中是三個老男人。

這家有三十六年歷史的老公司經過了幾次驚濤駭浪，又經過了公共化，走掉了不少舊人，也增加了不少新人，我可以從他們搭電梯時看到我的表情，來判斷他們是屬於哪個世代的人。爲了節省能源我們關掉一半的電梯，所以我在電梯裡遇到同事們的機會大增。

如果遇到我會像見到鬼一樣的跳開的，或是深深一鞠躬就是不肯和我搭同一台電梯的，多半是最資深的那個世代，見證過整個華視由盛而衰的過程。另一類的同事遇到我會先猶豫一下，之後會走進電梯保持笑容，但是不會主動說話，有點見機行事的態度，通常他們是來公司四、五年到十年的人，經歷過公司威權管理、追求收視率的商業經營和政治掛帥，到目前還在摸索中的公共化，他們學會適應不同時的領導。

最後一種人是連看都懶得看我一眼，進了電梯屁股朝向我，有時我還得替他們服務一下按個樓層，對他們說聲謝謝。這批年輕人可能都是我來之後才招考進來的，年資比我還淺。我來之後，每個新進人員的招考和面試我都盡量參加，新進人員的訓練我也都要親自說說話。我很在乎企業文化，我要的是開放和主動，我討厭威權和形式。我很少在公共場合發過脾氣，開會的時候盡量維持笑容，盡量用鼓勵的，我不會生氣，我學不來。

今天提前到九點半開主管會報，或許是因爲最近的壓力愈來愈大，我忽然好想生氣。我等待機會想好好生一次氣，來公司一年半了，從來都不生氣也太壓抑了吧。終於給我等到了一個好機會，我很難得的用鼻子說話，我要一個主管把簡報跳回去，因爲我發現了一個大錯誤。我問大家有沒有發現錯誤？大家都說沒有，結果是我自己看錯數字。我好糗，想好好生一次氣都選錯了時機。眞是鬱卒極了。

主管會報之後我請到我的老朋友詹宏志來講「影音的未來想像」，他談了很多關於YouTube和Joost。傳統的無線電視台要跨足新媒體其實有很多風險和未知，我讓公司各單位的年輕員工加入新媒體委員會，和其他單位合作一些計畫，積極學習，爲跨出那一大步做準備，所以我也積極的安排這方面的演講課程。希望我的下一個接棒者能跨出這一大步。

這是百日維新的第九十三天，這場我稱之爲「必敗的戰役」就要結束了。

快要離開戰場的笨鵝

26 上坡下坡

老公司大概就像走下坡的火車，不推也會動。而新公司如果沒有強而有力的火車頭，就會原地踏步，最後翻落山谷遭到淘汰。

不會生氣的笨鵝：

主管生氣是不需要正當理由的。有時只是要爲了展現威嚴，或是所謂的「原則」，管他是什麼原則，總之要有原則才有氣魄——這是一般主管的想法。

但是做屬下的也不是笨蛋，主管發無名火，爲了鞏固自己的威權，這種沒教養的行爲，只會讓自己的能力和形象都被大打折扣。所以我相信笨鵝你，雖然連生氣都生錯時機，一定是很受員工愛戴的。我這樣講，心情有沒有比較好哩？

學校剛畢業的小設計師，來到一家生氣蓬勃的新公司，總以爲只要亦步亦趨，認眞努力，就可以讓自己累積經驗，讓公司業績蒸蒸日上。我們懷抱著鮮嫩天眞對未來的期待，才發現同事之間，不一定是互相提攜的。雖然看起來既然是一起工作，目標應該一致，但差勁的主管不但無法給你發揮的空間，卻只會扯你後腿，讓你事倍功半。不是每個人都會做主管，主管本身也要有一種人格特質，不是比較有經驗比較老，或比較有野心的人就適合做。

這是新公司的問題。大家整天就是惶惶然，使勁力氣才看見一點點成果，主管自己也像個新人，毫無擔當只學會生氣。你們老公司大概就像走下坡的火車，吱嗄嗄的，因爲一直往下衝，所以不推也會動。而新公司呢，如果沒有強而有力的火車頭，拉

著公司往上走，就會原地踏步，最後翻落山谷遭到淘汰。你駕駛的那列沉重大火車正快樂地往下衝，你在前頭被擠得哇哇叫，人生風景在眼前飛逝而過，生氣好像也沒用了。我們的主管則頂著個大屁股，坐在火車頭上大聲叫囂，做事的人拚命在火車後面用力推，使不上力的坐在車上自己推自己，這就是一列企業火車上的眾生相。

加班愈加愈晚，工作愈來愈雜。設計師工作到晚上十一、二點，還要吸地洗咖啡機，有時還要充當會計、外包窗口聯絡和配音作曲。其實小公司的好處，就是會被強迫在短期內接受各種衝擊，不過青春精力破孔一樣到處亂流，眞的很累。

在這種壓力下年輕人之間的感情會變得很好，就算共同的目標有點模糊遙遠，至少眼前有共同的敵人。主管唯一的功用是當壞人讓大家凝聚向心力，眞的是很失敗。我們像學生一樣，趁老師不在的時候嘰嘰咕咕道他們的長短，替他們取綽號。如果你的綽號是小金剛，可見他們很喜歡你。不然，被討厭的主管通常都會被叫做廢柴、死雞、死胖子（雖然我們是沒有這樣叫啦），不過大概就是這樣的感覺。

希望你繼續被員工們叫成小金剛。原子小金剛。

笨咪

27 敵人在哪裡？

我在立法院的聽證會上發言，這是我的「玄武門之變」，我當時抱著如果失敗就只做一年的決心。因為我無法看著痛苦的員工們哭泣，我要帶頭突圍。

笨咪：

你用上坡和下坡的火車來比喻我們兩家公司的不同很精準。這也是爲什麼一年多下來我的體重直直落，原本沒什麼毛病的身體忽然各種問題都來了。曾經有個董事說：「你現在駕駛的是一輛很老舊的拼裝車，不能開太快，一個不小心就會散掉。」

所以說得更精確一點簡直是驚魂記。因爲我正駕駛著一列陳舊的、拼裝過的、笨重的大火車，在快樂的歡呼聲中飛快的往下衝，如果不趕快讓速度減慢，讓火車順利轉到另一個上升的軌道，兩、三年之內，我們的火車將會衝到谷底，撞得粉身碎骨。我此刻要做的就是穩住車子，安全的交給下一個技藝高超的駕駛。

今年春天剛做滿一年的時候，記者問我給自己打幾分，我毫不猶豫的說：「五十九分，不及格。」這一年曾經有過一場集團內最大的戰役，我稱之為「木馬屠城記」。為了建立集團的新聞平台，我被剝奪了對新聞部的指揮權，在這場大災難中，記者們哀鴻遍野。於是我做出了在許多人眼中不可思議的蠢事，我在立法院的聽證會上發言，這是我的「玄武門之變」，我當時抱著如果失敗就只做一年的決心。因為我無法看著痛苦的員工們哭泣，而自己像鴕鳥般繼續坐在大辦公室內，我要帶頭突圍。

由於公司內部工會的大力聲援，董事會也做出成立調查團的決議，讓我的「玄武門之變」有了更深刻的意義和結果，新聞部重回原狀，也進行了改版和改組。但是在如此大的嫌隙下，我展開了比第一年更痛苦戰役，我稱之為「硫磺島之役」，也就是我說的「必敗之役」。在彈盡援絕的情況下，我只能鼓舞員工加強防禦工事，拖延最後決戰的時間。

在這段最痛苦絕望的日子裡，我照常親自帶領著業務部的員工去參加政府的每一個大小的標案，在每次的報告中說明華視在公共廣播集團的重要性和處境，用一次又一次的小勝利鼓舞著士氣。新的八點檔連續劇「歡喜來鬥陣」照常趕拍，我希望留下更多的彈藥和更精良的武器給下一個指揮官。其他還有許多正在進行中的大計畫，包括北京奧運的轉播、台北影視節、新媒體的各項實驗等等。我不停的問自己說，我們的敵人在哪裡？爲什麼我總覺得自己活在四面楚歌中？城堡內外寫黑函的、放話給媒體的，還有失去的信心的我自己。我覺得，我們的敵人無所不在。

今天有件事情讓我感到很安慰。這次我放手讓員工們決定要如何慶祝三十六週年的台慶，結果他們決定以各部門提供節目來比賽作爲主軸來歡度台慶。結果各部門都卯足了全力來表演，勁歌熱舞和舞台劇、歌劇全都上場，有著一個凝聚力、向心力很強，一切欣欣向榮的大公司的大氣魄。我坐在台下當評審，還得說著「毒舌派」逗大夥笑。全場都是歡樂，哪來的戰爭？這全都是我自找的。

我眞像是一個想當悲劇英雄的小丑。

笨鵝

28 一包與二包

創意產業的小公司在台灣活得那麼痛苦，因為大者恆大，小者恆小。大公司有能力接到大案子，然後再用微薄的成本，包給小公司做。

笨鵝：

最近我們接了一大批動畫案子，多到我們完全吃不下來。因爲動畫部門根本就只有兩個人，我和另一個動畫師。但總監的想法是，我們只要負責出腳本，製作的部分就外包出去。於是我的工作開始多了一項尋找外包、面試外包，和外包溝通還要搏感情。客戶給我們的預算不多，我們估算了人力成本之後外包出去的單價更低，這樣低的單價對我的立場而言很痛苦，很多個人工作室都是一聽到價錢，就直接把我臭罵一頓，說我不懂行情。

後來有家很積極的Ａ公司，他們有兩個業務員，宣稱旗下有三十個動畫師，打來的

第一句話就是：「我可以幫你們省錢。」我們的價錢在他們眼中很可口，他們像餓虎撲羊一樣，對著我們提供的瘦小羊乾垂涎不已。

我請他們來談談，才知道原來他們也是在另一家大公司底下的子公司，當初老闆也是因爲接了大量的動畫案，徵召了一百個動畫師進來。結果案子結束後，就再也接不到那麼大量的動畫案了，一百個動畫師也不是說趕就趕得走，好不容易裁到剩下三十個，再多請兩個業務員，把動畫部門獨立出去，請他們自己拉業務，自給自足。

因此這兩個業務員不會放過任何賺進一滴水的機會，他給我們看了很多的作品，其中有很炫的３Ｄ變形金鋼廣告，品質眞的很不錯。據說最初客戶下的是兩百萬，層層包下時到他們只剩二十萬。我給了他們素材，請他們先做一段五秒鐘的ＤＥＭＯ。

之後又有一家Ｂ公司來應徵，他們的動畫人員都在大陸，行政人員在台灣遙控。但他們秀出來的作品居然有很多是Ａ公司秀給我們看的。我們覺得很好笑，並馬上就知道是怎麼一回事；Ａ公司爲了接下大量案子，吃不下時就會包給Ｂ公司。是我面試了太多公司，以至於連外包的外包都找來了，姑且簡稱之爲二包。我請二包也做了一段ＤＥＭＯ，結果是二包做得比一包好很多。所以我們就決定包給二包了。

我現在知道爲什麼創意產業的小公司在台灣活得那麼痛苦了，因爲大者恆大，小者恆小。大公司有能力接到大案子，然後再用微薄的成本，包給小公司做。大公司拚命接，客戶下的預算直接進帳，然後他們花點皮毛，讓小公司來做苦工，小公司則得接下他們人力四、五倍的案子，才能夠養活自己，還不見得有盈餘。

於是小公司會開始幻想著要接到大案子，不靠大公司的施捨。我們自不量力地參加各種大型標案，結果是設計師每天都夜以繼日的做提案DEMO，深怕做差了，比不到，會被業務主管責怪丟案子（通常他們都是站在自己的業務那邊），但心裡明明知道不管做再好，都必然是白工。

為了想比到案子，動員的往往是全公司的人力，除了這些工程浩大的白工，夾縫中還要做那些眞正有錢賺的案子，最後設計師無一不是兩頭燒，其實不只兩頭燒，根本就是直接下油鍋了。結果通常都是令人失望的，也許五個案子中會比到一個，但那其他的四個已經浪費掉太多太多的精力，讓人鬥志全無，毫無成就感，只想抱頭痛哭。

這就是台灣小設計公司的悲慘命運。

29 英雄和小丑的故事

我一直嚮往當個開創者，當個英雄，哪怕是一種犧牲的悲劇英雄也好。

笨咪：

渴望村的黃昏，我們父女騎著單車去當追落日的夸父。空曠的台地的風很強勁，我們在強風中快騎著，一直騎到第三期的社區，遠眺藍鷹高爾夫球場。這幾年，我們父女已經很久沒有這樣一起騎車了。

到了晚上，我們並排坐在你的房間長長的書桌前面，你開始寫著你人生的第一部長篇小說《無用武之地》，而我繼續寫著每個星期要交五篇的專欄「青出於藍」。我的這個專欄已經寫了兩年多了，沒有因爲到華視上班而終止，這也成爲別人寫黑函攻擊我的理由之一，黑函指出，我是利用在上班的時間寫專欄，當然你知道，這不是事實。

你會用一個「無用武之地」的英雄作爲你第一個長篇小說的主角，或許某種程度上反映了你對這個世界的看法。你說你小時候曾經很想當英雄，想要拯救這個世界，可是現在你再也不會了。看了你上封信就知道，你已經完全接受這是一個不需要英雄的時代了。你描述著現在年輕人在職場上的處境，都是浪費掉太多太多的精力，消磨掉原本旺盛的鬥志，缺乏成就感，每天只想抱頭痛哭。在這樣的環境中，如果你說自己是個英雄，別人會把你當小丑看待。

我承認在這方面我比你幼稚得多，我一直嚮往當個開創者，當個英雄，哪怕是一種犧牲的悲劇英雄也好。記得當年我在台視節目部經理任內毅然提出了辭呈，要和當時被迫離職的總經理同進退，媒體形容我是「神鬼戰士」，希望用自己的犧牲，喚醒當時陷入混亂局面的台視。我在自己的筆記本上寫著：「神鬼戰士的最後十日」，我想在離開前的最後十天做點事情，讓所有的醜陋曝曬在陽光下。我還在一些同事的抽屜放了些禮物和信，我說：「必要時我將會再回到戰場，請務必守著崗位，不要輕言離去。」事後證明，這一切都只會讓別人竊笑，沒有人會介意像我這樣一個角色的去留。

我就要離開華視了。雖然早就有心理準備，一旦確定了就會是另一種心情。我開始慢慢收拾著辦公室裡的東西，這一次，我平靜多了，我不會再想當什麼神鬼戰士了。應該這樣說，去年春天，當我正式被賦予這個很特殊的任務時，我已經實現了當年離開台視時對一些同事的承諾。我重新回到戰場，三年多的等待總算有了這樣的結果。所以去年春天，當我來這兒報到的那一刻，我的某種承諾已經達成，這也是一種英雄主義作祟吧。

不再是神鬼戰士的笨鵝

30 十年之間

你其實總是當主角，讓別人繞著你打轉，卻以為自己是壓抑的小丑或是一根枯草，不斷揮舞著手臂想要吸引更多的目光。

英雄笨鵝：

二〇〇七暑假，我從米蘭畢業回到台灣，現在終於跨年了。去年發生了很多事，年初的時候我還在學校和義大利人、巴西人大眼瞪小眼，復活節前交了個土耳其男友，五月的時候去紐約找笨頭，還在屁股上刺了隻蜥蜴刺青，六月的時候忙畢業作品，七月的時候畢業了，也失戀了。七月底回台灣，九月中找到工作，我想這應該是我人生中發生最多事的一年了。這讓我想起一九九八到一九九九年，我高中聯考完，到高一吵著要休學的那段日子。

那年我國中時代最要好的朋友的媽媽過世，我陪她回花蓮原住民老家，有點兒尋根的味道。那趟旅行搞得大家都很鬱悶，我們的老爺車被洗劫，相機錢包全遭竊，只好半夜蹲在馬路邊看星星。在大家眼中非常都會化的她，那刻卻告訴我一些小時候的回憶；她說她總是光著雙腳，跑在原野間，「連踩到牛糞都不覺得噁心。」她一直都是笑著的。

這次我到台中跨年，也是因爲我大學最要好的朋友的爸爸在二〇〇七年突然過世，毫無預警，只留下一陣錯愕。我答應要去台中找她，終於在跨年的時候把幾個死黨召集起來。大家都用不同的方式過去，因爲眞的太忙了，湊不到一起。我搭高鐵，另外

兩個人一個坐客運一個搭火車。

總之，十二點以前大家都還是趕到了，我們煮火鍋，看電視。我吵著說不要睡覺，吃完火鍋，要去唱整晚的歌，然後上山看日出。「大學的時候都沒有那麼熱血。」我那幾個死黨笑我。「就是因爲這樣，」我說，都快二十五歲了才驚覺要抓住青春的尾巴。於是我們拖著已經上了整天班，加上舟車奔波後的疲憊老骨頭，跟十幾歲的高中生搶KTV包廂，連唱了三、四個小時，之後驅車上山。

有夠冷的，大家縮成一團，不斷自我安慰地說，好青春啊好青春啊。結果那天烏雲重重，什麼鬼日出都沒有，所有人一致同意下個行程是睡覺。果眞老了，念設計的時候每天熬夜身體搞壞了，死黨們說著又講起學生時代的事情。

那是一趟爲了感受青春的跨年之旅，起因是當我們發現，身邊的朋友開始說要結婚了，或是父母那輩會出其不意地離開人世。

我生命中這兩次爲了陪伴遭逢喪親朋友的旅行，之間相隔了將近十年。一年都可以發生那麼多事，更何況十年。十年的時間可以把一個嗜血的武士變成修行的和尚，可以讓一個想當英雄的少年，變成認命的上班族。也許，笨鵝，你鮮少有純粹是爲了朋友而出發的旅行。你其實總是當主角，讓別人繞著你打轉，卻以爲自己是壓抑的小丑或是一根枯草，不斷揮舞著手臂想要吸引更多的目光，只有把自己想像成英雄才能夠滿足。英雄是寂寞的。我想我們這代更懂得珍惜朋友。

你一定不同意，你會說你們這一代的人爲了朋友，爲了理想，灑錢就像灑熱血一樣，有種江湖大哥的氣魄。但等到哪一天，當你的朋友會因爲鬱悶而打給你，是因爲他知道你會慎重其事地，把大家找來舉辦一場飲酒大會，好替他解悶時，你就會發現當英雄一點都不有趣了。

第四篇。

新生活舊心情

31 再見王八

我自己以稀有動物「王八」自嘲，也以小丑自許。我說過，我早就提醒自己，別再妄想當英雄了。我把辦公室收拾乾淨後，正式寫了一封向所有員工告別的電子信，還是有那麼點英雄味。

笨咪：

就這樣跨年了，二〇〇八，全新的一年，可是我的心情還是舊的。

新的董事會希望我能再多看守這個月，等待他們對外徵選出新的接任人選後再離開，爲了讓整個交接過程順利，我只好再蹲一個月了。其實在去年的聖誕節我已經把辦公室裡所有的東西都清空了，桌上只剩下最後兩樣東西，都是你送給我的。一頂你從義大利帶回來送給我的藍絲絨布多頭小丑帽，還有一隻澳洲稀有動物有袋類的「WOMBAT」，唸起來像「王八」。當初我在辦公室的外面貼了一個澳洲來的告示牌：

「WOMBATS NEXT 5KM」，每當客人來了，我都會指著警告牌說：「小心，五公里內有王八。」

我自己以稀有動物「王八」自嘲，也以小丑自許。我說過，我早就提醒自己，別再妄想當英雄了。我把辦公室收拾乾淨後，正式寫了一封向所有員工告別的電子信，還是有那麼點英雄味。我想讓這次的離開多點節奏感，多點人性，不要像上次離開台視時那樣，帶著極大的忿怒和傷心走掉。

你在上封信中對我當頭棒喝，你說過去我總是要當主角，要別人繞著我打轉，可是總又認爲自己是小丑或枯草，你說我要把自己想像成英雄才滿足。我想我是有點病態，我有「英雄病」，就像「公主病」那樣，你的話眞的是一針見血。這樣的英雄病或許來自性格，或許和成長脫不了關係，我本身就是一種矛盾的存在，從小就被期許是別人心目中的模範生，可是卻要透過一次又一次的反叛來獲得自由和救贖，得到眞正的成就感，一個病態的人就這樣誕生了。

你才二十五歲就嚷著說老了，對我而言並不覺得奇怪。當我們才十七、八歲正青春時，不也是嚷著說：「有一天當我老到三十歲時，請一槍斃了我吧。」結果，還是理直氣壯的跨過了三十，然後低著頭來到四十，然後一不小心，五十大關已過，然後，再也不敢說那些囂張的話了，只能安慰自己說：「這樣，只能算是，初老吧？」

記得你讀國中時曾經很疑惑的問我說：「企鵝，你到底幾歲呀？」我笑說：「如果有人問起你，你就裝迷糊回答說，我爸好像是三、四十歲吧？」不過不管是三、四十歲還是四、五十歲，我回顧自己在跨越那條年齡的界線時，都是夾著一本寫著偉大計畫的筆記本讓自己跨越過去。

在要跨越三十歲時，那本「白鴿計畫」上寫著如何建立白鴿小組來「感召」原已老大疲憊的中影，進而影響獨立製片。我寫著像選舉一般的標語：「清純、勇敢、智慧、改革、起飛」。幾個月後又寫著：「被扼殺的白鴿」，然後又寫：「白鴿復活」。

四十歲那年，我已經離開了電影，我帶著家人們完成了十本童話，可是也做了件在老爸老媽眼中最叛逆的事情，我幫忙當時的反對黨做了電視廣告，我讓童話和政治並存在那個年代。

我的五十歲生日是在一種革命成功的歡樂下度過的。那時候的我，在一種天翻地覆的改革氣氛中，推動台灣電視節目的改變，各種類型的文學改編成迷你連續劇、生活寫實的清新偶像劇，還有具有文化歷史內涵的八點檔連續劇。

所以，我的人生少了虛無主義和神祕主義。在新的一年，可以告訴我一點你在這方面的心得嗎？

新的一年，我感覺到自己即將解體。

人生很無趣的笨鵝

32

我們的神祕主義

我們的寂寞是怎麼來的？因為在我們的身上，連傷疤都不再有英雄感。我們不再會被敵人打斷胳膊，或為了真理而死。而是淺淺地、酸酸甜甜地在汪洋上打轉，只因為地球是圓的。

笨鵝：

常常有人說我們這代好像活得很寂寞。雖然好像整天嘻嘻哈哈，玩樂的方式和你們那代比起來，又是那麼多彩多姿，爲什麼還是一臉空洞的模樣呢？當長輩們問這種問題的時候，那質疑的表情，還帶著一種不可違抗的控訴，好像在說我們不知感恩不懂長進，個個活得像笨蛋一樣空白。

但那些斑駁綺麗的記憶是屬於你們的，我們並沒有參與。所以我們一度熱愛虛構璀璨的未來，或未曾發生過的壯麗史詩。我想你一定不知道，在你身邊，有著像我一般大，卻會在新月時剪下快樂鼠尾草，放在枕頭下以求一夜好夢的神祕主義者。

這種神祕主義的出現是源於，當我們沉溺在民主和資本主義的富裕空氣裡，卻毫無歷史感時，你們的眼神像是有人掠奪了你們拋頭顱、灑熱血之後換來的甜美果實，沒錯，我們的確不勞而獲。但如果你們希望獨自占據時間線上，那終於攻頂的瞬間，就不應該繁殖下一代。

但時間是前進的，而且速度呈等比加快。在你們的年代，深深扎根可以讓你們保有一席之地，而一波波的潮流會灌溉你，卻追不上你成長的速度。到了我們，若想扎根，是會被飛快地滅頂的。所以我們只好不斷漂流，消化不良，有點畸形。

我們不再思考存在主義，也不再解構自己，因為一切的深入探討好像都再也沒有意義。而當時的高原，隨時間過去，已成了海床，你們仍雙腳深植在土壤，淹沒在海潮中，天天舉行遙想當年的沙龍。就在此刻，你們不知道自己唯一的進化是長了鰓，你們的對話在我們聽來，都像是深海中的咕嚕。

當我們熟知浴衣帶的各種打法時，只會被說是哈日。而若是換作你們，則是文化觀察。哈字不是我們發明的，運用哈字，你們可以輕易地將我們所有的嗜好變得膚淺，變成一種毒品，只有心志薄弱和愚蠢的人才會去沾染。就像這樣，我們向渴望之物伸出的白嫩小手，每每被啪一下打得縮回去，之後就一直藏在口袋裡，一直白嫩了下去。

然後抱著我們僅存的神祕主義。用靈擺找尋弄丟了的物品。

有人說看了尼采會想死，那麼就不要看吧。我們只想活著。這樣的願望，連偉大思想都無法撼動。因爲我們深知文化是破碎的，是你們的思維和長成讓它變得有意義；但我們的思維和長成則不是。我們沒有經歷過程，只看到了一個爛結果。之後我們在這些浮動的爛結果中繼續漂流，偶爾聚到一起時，去拍一張花俏的大頭貼，或是追隨花季上山。堅持要捍衛社經地位的，就只好一秒秒地苦悶下去。

我們的寂寞是怎麼來的？因爲在我們的身上，連傷疤都不再有英雄感。

我們不再會被敵人打斷胳膊，或爲了眞理而死。而是淺淺地，酸酸甜甜地在汪洋上打轉，只因爲地球是圓的。

而自愛，變成唯一值得驕傲的情操。既然再沒有誰需要被誰拯救，我們的汗水便只能流在跑步機上——哪都去不了。

我想寂寞就是這樣來的。

笨咪

33 大寒

我的身心已經解體，只好透過我從來都沒做過的按摩、復健和泡腳來慢慢恢復。過去我很不習慣將自己的身體交由別人來搓搓捏捏，現在我乖乖的交出了身體，我承認靠自己的意志力已經沒有用了。

相信神祕主義的笨咪：

今日大寒。

晚上我們父女倆洗過澡之後，一起用檜木桶來泡腳。我看著一本日本小說《月之滴》，你看著那本《道德劇》，屋子裡瀰漫著由檜木桶裡飄出來的迷迭香和薰衣草的味道。我接受按摩和復健已經有一段日子了，泡腳是這個月才開始的。我的身心已經解體，只好透過我從來都沒做過的按摩、復健和泡腳來慢慢恢復。過去我很不習慣將自己的身體交由別人來搓搓捏捏，現在我乖乖的交出了身體，我承認靠自己的意志力已經沒有用了。

新的一年，你面臨了一個是否要換工作的抉擇。中國時報副刊的主編劉克襄提前退休了，想找一個人來遞補這個工作，結果他們竟然看中了年輕的你。原來志不在此的你陷入了兩難，你學的是多媒體，包括網路和動畫，你想做的是小說和圖文的創作，你從來沒想過可以當一個報社的文字編輯，你說：「這不是我的專長。」所以你有點猶豫和害怕，我卻鼓勵你去做做看。我的理由是：「你現在要加強的不是多媒體的技術，而是腦袋裡的東西，副刊可以讓你快速接觸到許多不同的文化內涵和思想，認識很多作家和藝術家。這些接觸可以增加你的深度和高度。你還年輕，需要吸收更多的文化內容，將來有助於你走得更遠。」反對你去的人說：「多媒體和網路才有未來，報紙是夕陽工業，只等著黑夜來臨。時代不同了，別去那裡。」

我印象中的中國時報副刊曾經人才輩出，我有許多好朋友都出自那個地方，從那兒離開的人像是領了一張文化品質保證的證書。一代接一代的副刊主編們將傳統裡只是休閒裝點用的「報屁股」變成了引領文化、思想、社會潮流的「精神指標」，帶動著一波又一波的風潮。副刊不再是一份報紙的附屬品，反而是區隔不同品牌的機會。所以我勸妳去是有私人的情感因素的，我可以想像著你開始和父執輩的作家打交道的那種感覺，也希望妳你可以引介更多不同的創作者加入耕耘的行列。「這可是千載難逢的機會，去談談看吧。」這是我的結論。

這將是我上班生涯的最後一週，各單位陸陸續續要爲我辦歡送會，這次的離開不像當年離開台視時那麼匆忙，當年我像遇到浩劫一般的逃走，好像連好好說聲再見都不想。這次，我比原先可能的離開時間多作了一年一個月又一天，我有足夠的時間和每個部門的同事說再見。我喜歡這樣的感覺。

今天晚上工程部的同事們歡送我，他們送了我一個琉璃，上面刻著：「勳業永懷」。我說：「送我一個哆啦A夢的小布偶吧，其實我是喜歡玩具的。」

快要回到家裡的笨鵝

34

辜負自己

副刊在向我招手，好像在說，長久以來我一直對文字不夠值錢的恐懼，其實可以不用存在。

笨鵝：

　　當初會選擇走上學設計的道路，其實很簡單。因爲我喜歡創作，但又好怕會沒飯吃。所以我看上設計，當一名設計師，是一個很專業又很穩固的選擇。從大學到碩士畢業的這將近六年當中，我裝備了一個設計師該有的知識，但其實我深知我的設計天分並不如我的寫作天分來得足夠。既然我也從來不相信文字可以當我的正職，於是我抽絲剝繭慢慢分析，終於決定我要做動畫。因爲我喜歡說故事。

　　現在我在這家公司是動畫師和腳本繪製，雖然我們做的是Flash動畫，但我總覺得這是慢慢走向大型動畫製作的第一步。一切好像都很有計畫，可是我有感覺到踏實嗎？

其實也沒有。只是可以想像有未來。如果我最喜歡做的事只是說好聽的故事，我認命地想，在受過動畫後製龐大且疲勞轟炸的磨練後，也許最終可以躍升成創意人員，只需構想點子，編寫劇本。

我自認爲對自己的人生很負責了，我正在實現夢想。那天中午。中國時報的副總編輯楊澤打電話來，跟我說了劉克襄的事，我也壓根沒想過要答應他。此刻我做著一份和台灣所有大學畢業生一樣超時又低薪的工作，爲展示我人生實踐是從零開始，而我不想中斷這步伐，也不想被打亂。況且，我深知作者和編輯之間的天差地遠，作者的文字是自由的，但編輯的文字卻必須是專業的，我並沒有這份專業，也沒有自信。我不但對藝文動態一無所知，也沒有歷史概念，更缺乏文化使命感，而且還錯字連篇。

但與其現在被工作占滿所有生活，如果新工作可以讓我有更多時間創作，無非是強烈吸引我的優點。然而，現在才轉換跑道，好像有點對不起自己之前付出的那些努力；沒錯，我臉皮就是這麼的薄，連自己都不好意思辜負。當天晚上楊澤叫我去和他聊聊；出國前我曾應他邀請爲副刊畫過一系列未完成，後來也未刊出的圖文作品「瘟神」。他總是很多話，講了一堆副刊的過去和未來，重點是，他用那無辜眼睛看著我，說希望我能接下這個工作，有時間還可以多創作。

面對一個鼓勵我創作的長輩，說什麼我都無法再拒絕。雖然我直覺我和藝文界的人，無法像和設計圈的人一樣，相處得很自在而開心；但人間副刊在向我招手，好像在說，長久以來我對文字不夠値錢的恐懼，其實可以不用存在。那我就再辜負自己一次吧，就像我高一的時候，辜負了自己一心想要衝破體制的決心，再次回到校園。

我和總監說了我想離職，他先是大叫了一聲，卻也沒有做太多慰留的努力。我想，是因爲我每次做決定的態度總是那麼堅定，讓人馬上放棄動搖的念頭。之後我被同事們輪番灌輸報紙已死（不是上帝已死）的事實，但我總回答他們說，我自己也是看書不看報，報紙應該不會是我的未來，但現在的我想要這個機會。若是放棄了，我不知道我會錯過什麼。就當作是開開眼界吧。

總是堅定又迷惘的笨咪

35

超級朋友

一直到現在，我都還在懷疑自己人生每一次的重大決定是基於什麼考慮？是一種無畏的勇氣，還是缺乏信心的退縮和保守？是一種非常浪漫的追尋，還是一種安全的考量？我到底要的是什麼？我滿足了嗎？

笨咪：

我又像過去人生的某個時間一樣，恢復自由之身了。

在你過去的成長過程中，或許很習慣有這樣的爸爸吧？或許也因此讓你對自己未來的生活和工作更有了些想像，想留給自己更多自由創作的時間，你發現，原來人可以有各種不同的方式活著。

你說如果選擇去報社當編輯是辜負自己花六年時間辛苦所學的設計，那麼我花了比六年更多一點的時間學生物科學，在取得了教師的資格和留美的助教獎學金之後，又都全部放棄了，是不是更辜負自己，和對我有所期望的教授們？

一直到現在，我都還在懷疑自己人生每一次的重大決定是基於什麼考慮？是一種無畏的勇氣，還是缺乏信心的退縮和保守？是一種非常浪漫的追尋，還是一種安全的考量？我到底要的是什麼？我滿足了嗎？

就從這次的離開說起吧。

和兩年前大張旗鼓的新舊總經理的交接典禮比起來，這次的交接典禮顯然刻意的低調。媒體記者來得並不多，記者們似乎也找不到什麼可問的問題，只有一個看起來很陌生的年輕男生，追問了幾個和公共廣播集團相關的問題讓場面稍稍不尷尬。否則，你會忽然覺得這個社會已經沒有太多人在乎媒體公共化的議題了，就像過去曾經被媒體熱烈討論過的議題，轉瞬間從空氣中消失了，彷彿一切都沒發生過。後來我才發現問最多專業問題的那個男生並不是記者，而是一個以媒體公共化做爲論文研究的留學生。

離開後的第一天，我們籌拍半年的八點檔喜劇「歡喜來逗陣」正式播出，然後，奇蹟就發生了，它的收視率創下新高，同事們爭先恐後的打電話向我報喜。元宵節前後就勇奪全國收視率冠軍了，這件事情就發生在我離開了華視三個星期後。正好這一天工會的同事們說要請我吃中飯，並且要送我一件特別的禮物，也順便告訴我這個令大家振奮的消息。我得到的禮物是一個限量版的蝙蝠俠，一個Super Friend。「你不是曾經說，你想要玩具嗎？我們送你這個很有意義的玩具，希望你永遠是我們大家的超級朋友。」工會的代表頒發禮物給我，接過了這個蝙蝠俠後我很感動，或許這就是我眞正想要的感覺吧？

凡走過，必想留下深刻的影響和巨大的感動，這才是我內心深處最大的渴望吧。

當我像你這樣的年齡時我在想什麼？其實我腦子裡想的和你差不多。當時我已經出版了人生的第一本書《蛹之生》，正朝著下一本《試管蜘蛛》作準備。我的作家之路像奇蹟般的順利，處女作大大暢銷，但是我也不敢相信創作會是我的職業，我還是想當科學家，覺得那是一種專業和虛榮。後來有幾家電影公司和我接觸，我也開始寫電影劇本，也賣出了小說的電影版權，但是這些都沒有動搖我朝著當科學家的目標前進，後來，我就進了陽明醫學院當助教。

我在二十五歲那年，讀到了你爺爺在我出生兩個月後，在他的日記上寫的心情，大意是寫著他爲了我的誕生，失去了尊嚴，受盡了委曲，半夜三更低頭伏案的工作，任憑客戶們的苛刻要求一改再改。他在日記上這樣結論著：「小野，祝你永遠愉快！永遠幸運！就讓你的幸運建築在你父母的痛苦上吧。我知道，天下的父母，都是他兒女永恆的奴隸。」

記得我當時在讀到這篇日記時非常激動，我期待自己成爲一個殘酷的、野心十足的青年，我想一肩扛起爸爸內心的痛苦和不平，或許這就是我不爲人知的陰暗面。如果我很想當英雄，那也是來自陰暗面的驅動力，像蝙蝠俠這樣的心情吧。

我會用小野當永恆的筆名，也許就是當時已經接受了爸爸對我的召喚吧。如果說，我的二十五歲和你的二十五歲有什麼不同，或許這是值得一提的部分。

重獲自由的笨鵝

36 退休心情

或許這樣不積極的規劃未來，隨著自己的際遇漂流，也可以是一種生活的態度。

回家的笨鵝：

你回家之後問我，你上班的生活，和不上班的生活，對我而言有什麼差別。我不太知道你問這個問題有什麼目的，但我確實沒有感到任何的不同。這樣的答案好像不太負責任，似乎你在或你不在，對這個家裡的成員而言都無足輕重，然後你又會想到一部叫做《爸爸》的韓國小說，講述一個回到家的中年男人，發現家人根本不需要他的悲傷故事。難道你也開始擔心自己會成爲這樣的爸爸？

其實爸爸的角色對小孩的影響是很大的。當時爺爺萬般自憐，又異常不平衡的性格，植下了你想要成爲一個替爸爸復仇，要成爲一個「成功」的人的病態而幼稚的信念。爲了那個永遠無法定義的「成功」，你忘了生活是什麼。還好，我並沒有這種扭曲的人格，倒過來說，應該是輪到你當爸爸的時候，表現得比爺爺「健全」許多。我這樣說，你有沒有覺得你是一個「成功」的爸爸了呢？

我開始了新的工作，在一個還沒裝潢完畢的地下室。油漆味和粉塵滿布在空氣中，得靠還沒裝好調節頁扇的空調，慢慢換氣到地表。大家戴著口罩上班，彼此之間都不太說話。從網路公司那種玩具反斗城一般驚喜連連的吵鬧環境，一下子換到這個冷僻的文化殿堂，我也沒有太不適應。反正我的個性可以同時很拉丁，也很北歐。我坐在一台對做過多媒體的人而言是非常老骨董的電腦前，看著第二

天的版面，突然覺得有點諷刺。一個一天到晚都寫錯字的人，現在卻在校對著別人的稿子。但也覺得有點開心，像這種可以將靜靜閱讀當成是工作的人，其實是非常幸福的。

我對未來的計畫已經開始痲痺，竟然有一種走一步算一步的被動感覺。或許這樣不積極的規劃未來，隨著自己的際遇漂流，也可以是一種生活的態度。我的心情反而像是退休了。而眞正退休的笨鵝你，現在大概整天坐在家裡焦慮地手心冒汗，翻閱著自己過去的光榮戰史，時間太多地不斷思索著自己到底算不算是一個「成功的人」？笨鵝，我眞的很同情你。

不過你們這代人也許都有這種通病，總有一種使命感，促使你們一直想要「我爲人人，人人爲我」，其實始終不知道自己要什麼。而我們這代人在你們看起來，卻正因爲缺乏了這種熱血，反而表現得很冷漠，對什麼事都興趣缺缺，一副欠打的模樣。

楊澤就常常用充滿強烈疑惑的眼睛，隔著一張辦公桌瞪著我，「李亞同學——你們這些七年級的到底在想什麼啊？」每次他問我這個問題，我就答不上來，因爲答案也許是「沒在想什麼」。所以最後我們決定做一個「七年級」的專題，來爲大家解惑。七年級這一代的葫蘆裡到底賣什麼藥？楊澤向一批他在台大文學獎認識的學生要了一堆稿子。他要我想一個專題名稱，我突然想起你在一本書上用到的名詞「Lukewarm」，指的是有點微溫、漠不關心的世代。我說，我們這代用一個字形容，應該是就是「魯剋溫世代」吧。

楊澤很滿意，於是「魯剋溫世代」就成了我進報社後規劃的第一個專題，屬於我們自己這個世代探索的專題。

像退休老人一樣的笨咪

37 緩慢樂活

我在筆記本上記載著生命中非常獨特的經驗，尤其是那些最私密的、陰暗的、血腥的、自卑的、狂野的慾望和行為，我想勇敢的面對自己最深層的自己。

有退休心情的笨咪：

你眞是誇張啊，才出社會工作五個月，換了一份和過去完全不一樣的工作，就嚷著說是退休心情。我想，或許你還沒開始嚐到眞正的壓力吧？那種無邊無際從四面八方湧過來的壓力，把人都壓歪、壓垮了，就像我離開前的那份工作。

此刻，我並沒有退休的心情，因爲這樣的情況在我過去的經驗中已經來來回回了好幾趟，如果說退休，倒不如用最近流行的字眼：「樂活」。從早晚排滿了行程的上班生活，改成是沒有太多行程和規劃的隨意生活，當然工作還是要的啦，只是可多可少。不過說歸說，眞的要做到緩慢樂活，並不是簡單的事。

我們這一代在戰後出生，經歷過經濟起飛奇蹟的人，很容易沉醉在不斷擴張、成長的成就感中，漸漸失去了緩慢生活和享受快樂的能力。三十八歲以前的我就是這樣過著上班追求成就感的焦慮日子，三十八歲以後的我試著改變，改成在家接工作，焦慮不安依舊在。按照醫生的說法：「失去了固定穩定的上班工作，你應該更焦慮才對。」

所以，我愈來愈不敢自誇說：「因爲我有了十年在家工作的生活，讓我有更多的時間陪著兩個孩子長大，給了他們很多很多的東西。」換個角度來想，還好有兩個孩子給了我許多意想不到的啓蒙和發現，也給了我許多已經失去的感覺，讓我度過了生命中的第二個童年。所以當我又重新披上戰袍，像老驥伏櫪般回到戰場時，兩個孩子都已經成熟到讓我非常安心了，於是我就有一種「終於可以放手一搏」的心理準備。去台視當「神鬼戰士」，到華視當「亞瑟王」，我不斷想爲自己的生命寫下光榮的一頁，病態也罷，幼稚也罷，我已經無法回頭。

你說我此刻大概整天坐在家裡，焦慮地翻閱著自己過去的光榮戰史，有足夠的時間思索著自己到底算不算是一個「成功的人」？你說你真的很同情我。笨咪，你真是太了解我了，其實我比你想像中過得更糟。我回家後開始去醫院做復健，我隨身帶著一個本子，慢慢替自己做心理治療，做心理分析。

我在筆記本上記載著自己生命中非常獨特的經驗，尤其是那些最私密的、陰暗的、血腥的、自卑的、狂野的慾望和行為，我想勇敢的面對最深層的自己。我回憶著自己讀天主教幼稚園時被罰跪在地下室面對聖母瑪利亞懺悔的情形，回憶著自己壓抑扭曲的青春時代的自卑感，回憶著自己在生物實驗室為了做實驗的殘忍殺戮。

我在這本私密的筆記本上上畫了一個「聖母慟子」圖，一個體態飽滿的母親抱著一個骨瘦如柴的小孩，小孩斜著身體歪著頭很悲傷的看著前方，疲累的表情，茫茫然的眼神，這是一種自憐，還是自戀，或是自虐呢？

如果這是一個被犧牲的小孩，他又是為什麼犧牲呢？

想像中的緩慢樂活似乎也只能是想像而已，我的體質裡面恐怕沒有這樣的東西。

正在解體中的笨鵝

38

魯剋溫世代

政治冷感也會傳染，我想戰後出生的四年級如你已經退休，七年級這代長大後，「微溫」的二十一世紀終於要誕生了。

笨鵝：

我自己手很癢，忍不住寫了一篇短文，幫「Lukewarm generation」做名詞解釋。本來只是想要讓我們的小寫手們看，給他們一點方向性，但楊澤看了就說要當作專題的序文來刊。借你欣賞一下：

「沒有命要革，沒有義要起，小黨長大了，中央輪替了，教育泛濫了；不吶喊，不遊街，豪情壯志怎能不在和平中消散了？一切都溫溫的，剩下鬥爭後的微熱，沒有火花，沒有熱血，民國七〇年在觀眾席後排出生的世代，甚至不是搖滾區；沒有舞台，沒有戰場，笑著長大，打開電腦，掛起眼鏡，看看朋友在不在ＭＳＮ上。

口袋裡拽著幾張零用錢，掏掏耳朵，有隻米蟲滾落，眨眨眼睛，肩上只有頭皮屑，踮起腳尖，尋找所剩無幾的立足之地。咦？少了家國之恨，搖擺在島國上來自四方的衝擊中，變得語焉不詳，手足無措。那是什麼啊，英雄情懷？我們下載了各種技藝，卻發現時代的記憶體已滿，還沒升級。擠哦，悶。不用急著創造宇宙繼起之生命，愛情眞無聊；爸媽養兒不是爲了防老，工作眞難找。

魯剋溫世代吐了口鳥氣說，幹，我以爲這裡還有剩下什麼好料的，結果根本就已經破關了嘛，大魔王呢？

只好自我解嘲，卻被說成是ＫＵＳＯ，只好尋求個體，卻被說成是自我中心，只好隨心所欲，卻被說成是任性，只好追求興趣，卻被說成草莓行爲。那到底要我們做什麼呢？只要你們還在那個窟窿裡，我們就沒搞頭，只好猛搞自己的頭。

啐，書太多，買來堆在那邊還沒來得及看，因爲bbs洗版洗得更快。眞焦慮，電影下片太急，只好光明正大的ＢＴ。然後呢，擦擦手汗，免得弄髒鍵盤，打噴嚏的時候記得撇開臉，螢幕不好清。

還有什麼可以做的呢，對了，大叫一聲，免得眞的要人間蒸發了。要聽嗎？魯剋溫世代的嗓音，其實沒有想像中的含糊，只是因爲空間不夠，沒辦法宏響迴盪；但只要你們閉嘴一下下，一下下就好了，我們就可以證明時代已經改變。往前走吧，我們只是因爲善良，所以不忍心用力一推叫你們快快一腳踩進墳墓，這不代表我們不想長大。所以嘿，這個隊排得夠臭夠長了，可以輪下一位了嗎？」

這就是我定義的魯剋溫世代（後來又被稱爲野草莓世代）。沒有戰場和包袱，身邊充滿了小小的事物，卻沒有大大的未來。

又快要總統大選了，這次社會大眾終於比較沒那麼熱中，也許是因爲反正也知道結果，或是大家也選累了。我不想要去投票，政治冷感也會傳染，我想戰後出生的四年級如你應該很認命的退休，七年級這代長大後，「微溫」的二十一世紀已經誕生了。

魯剋咪

39

凝視著自己歪斜的身體

我從小很瘦，瘦到連兩排肋骨都露出來，我好羨慕那些虎背熊腰的男人。我喜歡冬天，冬天可以多穿一些衣服讓自己看起來有肌肉。

魯剋咪：

從你寫給我的那封「我們的神祕主義」到上一封「魯剋溫世代」，我發現你已經將你原本對歷史和集體毫無興趣的眼睛望向了一個新的主題，那就是世代。你已經試圖去解釋你們整個世代人的特色了。而我，這個大半輩子都只在乎時代和集體意義的小金剛世代，終於想回歸到自己的身體，和這個軀體所承載的喜怒哀樂了。你開始向外看，看你們集體的情感，我反而要向內看，看自己的肚臍眼。這是我們在通信過程中微妙的轉變。

這樣的轉變應該是來自我這次在勞累、焦慮、不安的工作後身體產生了變化所引起的。記得去年夏天，我在給你的第一封信中曾經提到我剛剛才做完了核磁共振和運動心電圖，因爲我一度以爲自己會倒在華視的停車場。那時候正好也傳來楊德昌導演因爲腸癌的癌細胞蔓延過世的噩耗，這一切都讓我重新去面對自己的身體。

過去，我從來不願意把自己的身體交給別人捏來捏去，所以我從沒想過要接受按摩。其實，我也從來沒讓自己的身體處於泰然舒適的狀態，放鬆自己去泡泡溫泉或洗個三溫暖。我的身體一直處於緊繃的狀態，肌肉也很僵硬，我總是全神貫注的工作著，直到有一天發現身體有些歪斜了，才願意試試接受被按摩。

從小對自己的身體都存著自卑感，尤其是進入青春期。我連只穿條游泳褲游泳都有些不自在，老是覺得自己的身體很難看。我從小很瘦，瘦到連兩排肋骨都露出來，我好羨慕那些虎背熊腰的男人。我喜歡冬天，冬天可以多穿一些衣服讓自己看起來有肌肉。

我的胸口曾經有一大塊天生的疤痕，像一塊地圖。每次下水游泳時，同學發現了都會好奇的問一遍說：「咦？這是什麼？」我每次都說：「火燒的。」我也不知道自己爲什麼要說謊。後來那塊疤痕不知道什麼時候慢慢淡去，可能是變壯了。

高中以後，我每天經過學校走廊的大鏡子前，都趕快低頭走過去，因爲我實在不忍心凝視著自己的身體。我覺得自己簡直是歪著長大的，除了長短腿左右不平衡外，連鼻孔都是一大一小的。消瘦的肩膀連件衣服都撐不起來，短短的腿只好將褲子拉到肚臍眼之上，所以我也視爲自己添購衣褲爲畏途。

服兵役時大家要一起洗澡，我總是故意挑個角落匆匆把自己洗好，趕快穿上衣服，我不想讓別人看到我醜陋的身體。

最近我開始接受按摩，也喜歡在游泳之後泡泡熱水，讓水療放鬆自己的身體。認識自己，從凝視、面對、撫摸、喜歡自己的身體開始，信心由此出發。

我覺得最近自己走路的腳步愈來愈輕快，身體也愈來愈挺拔了。

已經可以凝視自己身體的笨鵝

40 代溝

大時代的東西就是在我腦子裡建立不起地位，我發現我們這代是很安於小處著眼的。也許社會的氛圍就是這麼無趣，讓我們都想要躲在家辦家家酒。

裸奔鵝：

你說我的眼光慢慢從自己的肚臍眼轉向群體，而你則慢慢看回自己的肚臍眼（問題是你看得到嗎？你的肚子那麼大）。說到這個，我想起我剛進中國時報的時候，楊澤就跟我說了一個計畫。他說他手上有一群「魯剋遛」，是在文學獎認識的，文筆很不錯，都很有想法，他想讓他們來合寫一個三少四壯。我那時覺得他這個構想怪怪的，如果想培養一群年輕作家，好像也不用急著讓他們寫專欄，而且又是有口碑的三少四壯，壓力挺大的。

後來我們跟那群年輕人聚了好多次，一直討論到底可以如何進行，結果到了上一批三少四壯作家一年到期的燃眉之急，楊澤突然說行不通。他不放心，要我去跟年輕人說一聲。年輕人當然很失望，而且他們都還是大學生，情緒一反應起來就有些激動、孩子氣。於是我也很孩子氣的寫了一封灑狗血的信給他們。

內容大致也是訴說我前陣子的焦慮和期待。我說當楊澤跟我說那個計畫的時候，我心裡也是怕怕的，覺得不會成功，但因爲也才剛進公司，覺得沒什麼立場反對。但之後看他信誓旦旦的模樣，我竟然又覺得很感動，畢竟他也是你那年代活躍的那群作家，而那群三、四年級的老藝文界龍

頭們，一邊只會遙想當年豐功偉業，也不肯讓出舞台，更看不起我們這些後生之輩。我發現他可是眞心的想要傳承和提攜後進，整個人也熱血起來了。那陣子我還去見了另一個七年級的寫手，和他高談闊論了一個晚上。我們聊我們這代文青和社青的弱勢，也聊我的轉變，說我整個人很焦慮，一心希望那些大學生們可以寫出好東西，呈現給楊澤看的時候不會洩七年級的氣；我甚至開始直接退他們稿子，希望他們再改好一點。我一時充滿了很多的想像，摩拳擦掌，想要發掘更多我們這代的優秀作家。

所以當計畫告吹之後，我自己也滿失望的，覺得是不是我想太多，我們的火候根本就還是差了太遠。不過我鼓勵他們還是繼續寫，我說我也是學生時代開始寫，沒人要的稿子一樣很多啊。我講得好像我也是文學前輩一樣，也許也感染到你特有的悲壯感吧。雖然沒到你那麼嚴重，不過就是那類的情感吧。

但其實要我去做一些什麼偉大的，有社會價值的事情，基本上還是沒有什麼太大的動力，只是如果工作需要，也就去做了。我還是歷史白痴，大時代的東西就是在我腦子裡建立不起地位，我發現我們這代是很安於小處著眼的。我覺得這也沒有什麼不好，也許社會的氛圍就是這麼無趣，讓我們只想要躲在家裡辦家家酒。

我想，之後也許我們七年級可以來寫個「微物」系列，用我們如豆的目光，來寫沙、粒中的世界，讓你們好好的嗤之以鼻。我已經不認爲，我們做的事情會讓老人們「驚豔」，因爲那眞的是代溝，挖再多土都是填不滿的啦。

溝邊咪

第五篇。

全新的生命

41

生命之謎

神話消失了，空氣裡充斥著謊話和廢話。這就是我們之間的代溝。

笨咪：

我們之間的代溝是如何形成的呢？

簡單的說，我和我同年代的人是誕生、成長於神話般的五、六〇年代。我們生活在一艘和外界通訊不良的船上，船艙裡瀰漫的是荒蕪、蒼涼、貧瘠和封閉的氣息，令人窒息到想嘔吐的生存環境。有些人在這樣的環境中被壓抑變形，有些人反而鍛鍊了意志力。

老船長在每一年的國慶文告都承諾大家說：「我們快要回到對岸大陸地的家園了，我們就要靠岸了。我會帶著你們回家。」有一年大專聯考的作文題目是：「反攻前夕告大陸同胞書」。

我們活在一個神話裡。有人勇敢的戳破了神話，那個人不久就被逮捕，說他叛國。

你卻出生在一個所有禁忌開始被突破的八〇年代，那是一個解嚴、狂飆的年代。當你開始接受學校教育的七歲之後，所有傳統價值紛紛解構的九〇年代又席捲而來，有些人完全被這股浪潮掩沒，有些人卻因此脫胎換骨，趁勢而起。

和神話的年代正好相反，新來的船長將我們的船慢慢掉轉方向，他說要帶領大家遠離那塊從前說是我們家園的大陸地，他說要帶領我們去一個新天地，一個牛奶與蜜的地方。船，悄悄的掉轉了頭，有些人嚇得趕快跳海逃生。

一個資訊過度氾濫的新時代來臨，喧嘩、吵鬧、消費、開放，令人茫茫然不知道要相信誰？追隨誰？

神話消失了，空氣裡充斥著謊話和廢話。這就是我們之間的代溝。

不過在相同的集體情緒和環境中長大的人，也有許多相異之處，其實我想和你談的反而是這個。

八〇年代的後半段對我而言，是八年「白鴿聖戰」的最後關鍵時刻，我四處招兵買馬。我和一個從美國回來從未謀面的朋友相約見面，他叫舒國治，他是替李安導演來傳話的。那時候我們正積極和還沒有正式導過商業電影的李安聯絡，我想說服他替我們在美國拍一部電影「長髮爲君留」，他不能親自回台灣，就請舒國治來和我談細節。

或許是因爲彼此陌生，或許是他長期一個人孤獨生活，舒國治和我說話時是對著牆壁指指點點。他說著對我而言是全然陌生的生活態度，他說他讀大學時都在打麻將，他說著青少年時期的慵懶和快樂生活，他說著自己開著破車在美國四處流浪的傳奇，年紀相仿的我們，好像生活在完全不同的國度裡。他的消極悠閒深深刺激了我這樣一個過度積極的人，我忽然感到一種莫名的痛苦。我想到自己大學時代天天埋首實驗室做實驗寫報告，還身兼三個家教，還要寫小說在報紙副刊連載，連和同學去郊遊的時間都沒有。他悠閒舒適的模樣痛擊著我的不安和焦慮，八〇年代的末期，我覺得該是自己喘氣休息的時候了。

你聽我說過我小時候去猜燈謎的故事嗎？元宵節在圖書館總會有燈謎的活動，最後一個高潮活動就是把所有剩下的獎品集中起來放在桌上，由主持人出最後一個題目，所有的獎品贏者全拿。記得爸爸帶著才讀小學的我和弟妹們擠在擁擠的猜謎人潮中，緊張的等待著最後的題目，爸爸看了我一眼，那是深深期許的眼神，我的心撲通撲通的狂跳著，我告訴自己說，只要題目一說出口我就要立刻回答，不管對錯就是先答；因爲在場的猜謎高手太多，慢半秒就輸了，這是以我這樣一個小學生在當時唯一能想到的方法。

「一寸光陰一寸金，捲簾格，猜一個國家名。」主持人很神祕的宣布了題目，我快閃過腦袋的是「光陰就是時間」，我立刻脫口而出「比利時」。我說的比想的還快，因爲我知道不能再多想了。主持人很不甘心的看著我這個小孩，搖搖頭，因爲我答對了。

我們一家人抬著一大堆的獎品，包括草蓆、臉盆、牙刷、肥皀、毛巾凱旋回家。我的心止不住的狂跳著，我好像對自己未來的生命有了預感，面對可能的一次又一次的機會，我會用小時候猜燈謎的態度，想出最好的致勝方法成爲贏家。

或許，這就是我日後一直生活在積極，但是卻充滿焦慮和不安的戰鬥氣氛中的原因吧，我只想贏，贏到最後的大獎，那就是我人生的目標。

我想逐漸打開自己生命之謎，將自己解救出來。

活在不安和焦慮中的笨鵝

42 裁員與願景

我們習慣讓別人做主，習慣了能玩的東西就是那麼少，直到刀已經架在自己的脖子上了，還以為那是別人的脖子。

笨鵝：

那天我坐在辦公室裡，大家都不安地在蠕動。新聞上說中時要大裁員，而且是裁掉整整一半。奇怪的是，這種事情我們怎麼會是透過電視新聞得知的呢？一開始好像很不眞實，大概過了三個小時後，我們才開始接受，風暴是眞的來了，來得毫無預警。因爲不到一個月前，全公司的人才都印了新的集團名片，而這次據說要整個裁撤的地方版，從年初開始卻不斷的在招考新記者；更讓大家疑惑的是，大規模的裝潢才剛結束，連尾款都還沒付清哩。這一切的欣欣向榮都是在我剛進來的時候發生的，五個月後居然就突然像要換季大清倉，所有的東西都變的廉價起來。

公司有許多做了十幾二十載的老員工怨聲四起，簡直哀鴻遍野，因爲他們知道自己會是箭靶，中老年危機加上飯碗又不保，簡直是人生的谷底。做不到十年的員工則主張先閃爲妙，像我這種初來乍到的，只是被低氣壓罩頂不敢喘大氣，只希望塵埃趕快落定。高級主管對接下來的策略都保密到像中情局，我們這些被蒙在鼓裡的小員工，只能私下揣測事情是怎麼發生的，是有預謀的嗎？還是突發的？陰謀論滿天飛，大家都聚成一小撮一小撮的在耳語，一有圈外的人走過，他們就會像驚弓鳥一樣唰地散開，怕對話被聽見了惹麻煩。

楊澤的頭看起來更大了，重得好像連脖子都直不起來。他苦口婆心地問我說，「李亞同學……你到底有沒有願景啊？」我知道他指的願景不只是對報社的，還有對文學、對台灣人的知識水平，還有甚至是對自己的寫作成就。我一張嘻皮笑臉說「沒有」，我從來就不是所謂藝文圈的人嘛，只是會寫幾個字而已，至少我是這樣定義自己的。對台灣文化推動，文學發展什麼的理想，跟我大概也沒什麼關係。有天早上，我翻著報紙，想像著也許不久之後，中國時報在報架上消失的情景，突然發現這怎麼會和我沒關係呢？文學怎麼會和我沒關係呢？人民的閱讀動力和求知慾低落，物料上漲到連報紙都活不下去，又怎麼會和我沒關係呢？

也許是上一輩的人玩太久了，直到我們已經習慣凡事置身事外，反正什麼好康的都沒我們的份，我們只有通膨、失業、低薪和大量的電子產品陪伴，住家裡啃老，變得軟趴趴的，連自己的人生都不想負責任。我們習慣讓別人做主，習慣了能玩的東西就是那麼少，直到刀已經架在自己的脖子上了，還以為那是別人的脖子。想到這裡我的心情差極了，如果不是睜一隻眼閉一隻眼地度日，要活的愉快頓時之間變得很難。

然而就在這樣的動盪中，我的願景悄悄地誕生了。

笨咪

43

航向內心最深處

我內心渴望愛，卻又裝成玩世不恭的模樣，對世間的情感反應冷淡。我不接受真實的自己，也不認同真實的自己，我讓自己活在許許多多的框架和教條裡；我嚮往當一個不是真實自己的我。一個假的我。

笨咪：

沒想到你才剛剛去到這個歷史悠久的報社，就遇到報社最大的一次裁員，你想必會經歷一次極混亂的狀態，終於應驗了你在一封信中所說的，一年之間的改變可以非常大，更何況十年？我很能了解一個歷史悠久、有過光榮歷史的大公司面臨了不可逆轉的環境改變時，經營著和員工各有不同想法而做出妥協或是衝突的狀態。我所工作的公司都是當時那個行業的龍頭老大，像中影、台視，甚至於公共化以後的華視。我去華視的第一個挑戰便是員工要求年資全部結清，但是員工的工作在五年內得到極大保障，對於正嚴重虧損中的公司而言，眞的是雪上加霜，我和工會代表講到激動處還動怒。

不過，此時此刻我的心是靜止的，就像我的時間。最近我和笨姆有幾次短程的旅行，於是就用你送給我的那本封面上有世界各地時間的對照圖筆記本，開始記載我們的短程旅行。當我才剛剛記完兩次的旅行後，我忽然在一個無法成眠的深夜寫下了「航向內心」這樣的字眼。人可以藉著旅行，航向很遙遠陌生的地方，可是人也可能一輩子都沒有能力或勇氣航向自己內心最深處，或許那才是一個我們自己最陌生的地方。

最近我去一個中學生的文學營，出發前就隨手帶了我人生的第一本日記，那是我九歲多，讀小學三年級的日記。

我隨手翻開那本快要散開的日記中的第二篇，隨口唸了起來：「今天我和爸爸打球，爸爸問我說：『你怕不怕痛？』我說：『不怕。』爸爸就狠狠的一球打來，我一時來不及躲。終於被打到鼻子和脖子，我被打得很痛，一定要一直呼吸，不然嘴裡好像有個東西。這就是假勇敢的教訓，爸爸本來就知道我是假勇敢，所以給我一個教訓。」這篇日記爸爸給我的分數是「丙上」。

那麼久遠的年代了，我早已無法分辨爸爸是在怎樣的心情下要教訓我。或許他只是無聊到找個孩子出出氣而已，沒有更多的意思。但是我感覺那就是爸爸希望我能活得很積極、很有危機意識，躲過人生一次又一次的痛苦。當痛苦眞的來臨時，要咬緊牙關忍耐，不要怕痛，這就是他對孩子的祝福。

爸爸在我的日記上寫著各種「應該」、「不應該」、「這樣對」、「那樣錯」，當我在日記上寫著自己當上模範生時，爸爸沒有讚美，好像這些都是理所當然的。直到有一次全校模擬考我考了全校第一名後，爸爸給了我一個讓我一輩子都難忘的評語，那就是：「你不要太得意，因爲強中更有強中手，你只是全校第一，而已。」

我望著貼在高高的牆壁上的榜單，我的名字就排在第一位。從此，我就在相互矛盾的心情中長大。一種是：「你就是應該第一名。一切理所當然。」另一種是：「你很平庸，過去所有的第一名或是成功，都來自僥倖，是撿到的。」

我們總是被大人提醒著有些禁忌不要去碰，像政治，像性，還有一切被歸類是頹廢墮落的事情，像跳舞、遊蕩、嬉戲都不是值得鼓勵的事情。我們的肢體不解放，不敢輕易擁抱別人。我們內心許多的慾望都會被綑綁，只有一種慾望是被鼓勵、被讚美的，那就是壓抑掉所有不被允許的慾望，積極的讀書和工作，做個有用的人。有用的人，說穿了就是漸漸失去感覺的機器人，更嚴重點，就只是工具。戰後出生的這一整代人，多的是這樣的人，根本不知道自己喜歡什麼，要做什麼。

就像我從小就熱愛和創作相關的事務，寫作、畫圖、工藝，甚至於表演。我卻偏偏一路讓自己走向學習科學之路，寧願花上很長的時間讀書做研究，甚至出國深造，繞了人生好大的一圈才回頭。從小我很瘦弱，根本不是一個運動員的體格，可是我卻勉強自己成為一個長跑選手，只為了證明自己有男子氣魄。

我內心渴望愛，卻又裝成玩世不恭的模樣，對世間的情感反應冷淡。我不接受眞實的自己，也不認同眞實的自己，我讓自己活在許許多多的框架和教條裡；我嚮往當一個不是眞實自己的我。一個假的我。所以，我並不認識自己。一個假的我得靠放棄許多眞實的感覺才能夠完成。

我就是這樣，被矛盾痛苦擠壓著長大，混合著自卑和自大。就是這兩種完全矛盾的情緒將我反覆扭轉成一個扭曲的人，我漸漸失去探索自我的勇氣，因爲我不想面對眞實的自己。我努力創造一個別人會喜歡或欣賞的自己。

青春期以後，我很想逃離這個有太多框框和教條的環境，可是我總覺得自己已經被馴服和內化了。當我有了這些自覺和反省後，我就想反抗這一切壓抑我的東西，可是這東西卻無所不在。這就成了我終身的反抗，反抗一切制式化、教條化的威權，反抗竟成了我生命的目的。

其實我更害怕的是自己的複製。所以當你和笨頭遠離我去異鄉求學時，我竟然有一種快慰，我會想：「走遠一點吧，我是一個不健康的爸爸。」

44

化解框框

我們不用費心了解自己，只需要知道自己想要成為什麼樣的人就夠了。

笨鵝：

你的哲學家兒子說過一句話（不過好像是引用）：「最終，我們都是在扮演自己想要成爲的角色。」你的哲學家女兒也說過一句話：「每個人對自己的人生，多少都會穿鑿附會。」你如果眞的對自己很誠實，就會發現人格本來就是堆砌起來的，沒有什麼本質不本質，那些你試圖將加強生命眞實感用的探索，說回來也是另一種假裝，假裝你有努力在了解自己。其實根本不需要去想那麼多的。就像你說爺爺用球砸你，到底是有什麼用意？爺爺不過是在扮演一個他所認爲的爸爸角色，一個在他想像中，意志堅強正派的爸爸，有能力將他的小孩通通扭轉成戰鬥力最強的勇士。所以我並不相信爺爺「了解」他的行爲，他只是「深信」這麼做是對的。

我們不用費心了解自己，只需要知道自己想要成爲什麼樣的人就夠了。

大裁員過後，我的工作忽然「豐富」了起來。現在的我，除了要處理電子投稿信箱，還有每天雪片般的郵件。一個星期七天的版面，邀稿、催稿、打稿費，文學獎的所有大小事情，找評審、寄稿子、處理經費、準備頒獎典禮。總之除了一些重要的邀稿和決定每天的版面內容，其他的小事情都是我一個人在做。

楊澤說要弄個九○年代專輯，就像以前做過的七○和八○，然後我就整理起了九○年代大年表。說來諷刺，做大年表一向都是你的最愛，我的最痛。但這麼被逼著逼著，以前當你講著歷史，我都只是不耐煩地聽，現在居然也能搭起腔來了。就這樣，當你航向內心最深處的時候，我已經被推到社會最前線，據楊澤的說法是「主流」的帶領，他是這麼定義中國時報的。我被迫要和台灣最大牌的作家們聯絡，屆時我還得想想，與這些響噹噹的作家們說話，我的立場是人間副刊新來的打雜小妹，還是文化圈新進的小作者、小編緝？最後我還是扮演我最拿手的——一個沒大沒小的後生晚輩。如果我被惹毛了，就會變成「準備踢你們這些老人屁股的未來作家」。

有時想想，每天看人間副刊的那些長輩、知識分子或是對文學熱愛的中文系學生，如果知道他們每天看的內容是我這個死毛頭小鬼把關出來的，不知會做何感想？那些拚命投稿的作者，如果知道按下退稿鍵的甚至是個非本科系的七年級生，是不是會恨得咬牙切齒？和我通上電話的會以為我只是個傳話用的接線生，和我通信的則會叫我老編大人，常常我在電話上輕聲細語教導他們如何投稿，轉身是以編輯的身分把他們寄來的稿子再退回去，搞得我人格分裂。

但我漸漸有自信了。在每天必須看各式各樣的大量文章後，我相信我只要再努力，就可以成為一個不錯的作家，以前這個想法並不是那麼具體，寫作好像只是因為我的家庭背景使然，就像你說的「框框」。我甚至還得去學設計來和你架設框框劃清界線，但現在我也不再害怕承認我想寫作，因為這已經正式成為我自己的資產了。

要做沒有框框的父母是不可能的，就算你不想，小孩還是會在不自覺之中模仿你。但你可以選擇做誠實的父母，就像你現在一直努力的；然後為了模仿你的誠實，小孩便也會誠實看待自己了。這樣框框不就化解了嗎？

一直在說教的笨咪

45 迷路的小孩

我忽然有一種覺悟，我去華視時曾經自許是亞瑟王，帶著圓桌武士去建立新的國度，離開時才發現，我只是一個得不到有聖母瑪利亞鑄像牌子的小孩，反而常常被罰跪在地下室對著聖母瑪利亞的雕像懺悔。

笨咪：

我是一個非常沒有方向感的人。同一個地方去過很多次對我而言都是陌生的，所以也永遠能保持新鮮感。就像我有閱讀障礙一樣，許多書，我讀來讀去還是開頭的那幾頁，好像在字裡行間迷路了。

我完全記不得自己是怎麼來的。來到這世界後的好多年都沒有任何記憶和印象。媽媽會說：「你的頭太大，走起路來搖搖晃晃的，所以要拍照時，給你扶著椅子。」或是說：「你非常愛哭，哭到兩顆蛋都脫落，要去給醫生看。」或是說：「你很兇，不肯斷奶。媽媽將自己的乳頭塗滿了藥水希望阻止你吸奶，你生氣，乾脆咬斷媽媽的奶頭。」

從爸爸的日記上和一些黑白照片讓我相信自己曾經是那樣出生的。爸爸在他的日記上說從我出生後的那段日子，他都沒有正眼好好看我，因爲他被窮困綁住無心想其他。有張照片是年輕英挺的爸爸坐在植物園的一棵樹下寫生，我傻傻的站在他的旁邊。植物園是我開始有記憶的地方，還有就是鐵道（現在的汀州路）旁由天主教聖母聖心會的比利時神父巴昌明創辦的幼稚園「聖母聖心」。巴神父曾經在中國熱河傳教，當無神論的共產黨建國後，他被關在大牢內，出獄後決定到台北的艋舺傳教，那是我出生和長大的地方。

從我們家到幼稚園，只要沿著鐵道走就可以了，有一天媽媽要我自己試著走走看，我沿著鐵道直直的走，就迷路了，我在鐵道旁哇哇大哭，從此一哭成名，大家都叫我「愛哭拾」，那是我記憶中第一個綽號。在幼稚園裡，表現好的孩子可以得到一個鑄有聖母瑪利亞慈愛的雕像的牌子掛在胸前，不聽話的孩子就會被罰跪在一個地下室，面對一個聖母瑪利亞的雕像懺悔。我記得那間地下室，因爲我常常被罰跪，我從沒有得到過那種牌子。從此，我就在迷路和懺悔中長大。

迷路是來自遺傳，我的爸爸就是個大路痴。他只要一個人搭計程車回中華路的家，到了泉州街的底，右轉就是家，左轉就要上快速道路了，他每次都說錯，這真的是讓他極懊惱的事情，所以他後來幾乎不敢一個人出門。他人生最後一次搭車回家，終於說對了一次，車子右轉，他匆匆喊停，下車時跌了一跤，幾天後就離開人間了。我爸爸退休後拒絕一切要出遠門的旅行，他就窩在家裡覺得很安全，酷愛出遠門玩耍的媽媽就這樣陪他在家裡蹲了大半輩子，而且都不能開窗。

我從小學讀到大學畢業都在方圓幾公里的地方，我都是騎著一輛破腳踏車來回，所以我對搭任何大眾運輸工具都很陌生。人生第一次出遠門就是從永和搭公車再轉三重客運去五股國中當一年的老師，每天都像是去遠方旅行一樣的新鮮，那時的我，已經二十四歲了，和現在的妳差不多大。再一次出遠門，就是去紐約的水牛城了。記憶中，剛去的時候好亢奮，四周全是新鮮事物，幾個剛認識的同學就相約去看尼加拉瓜瀑布了。

後來，我去到任何一個地方工作，都像是一個走錯地方的迷路小孩，別人看我闖進來，就給了我一張桌子和一張椅子，我也就試著學習當大人，試著講大人該說的話和行爲。我永遠有一種格格不入的陌生感。最近，我將華視的工作和聖母聖心幼稚園的日子相連結。我忽然有一種覺悟，我去華視時曾經自許是亞瑟王，帶著圓桌武士去建立新的國度，離開時才發現，我只是一個得不到有聖母瑪利亞鑄像牌子的小孩，反而常常被罰跪在地下室對著聖母瑪利亞的雕像懺悔。

不過我還是滿懷感恩。就像當年如果沒有聖母聖心會的巴神父為了傳教建立了幼稚園，我們這些窮人家的孩子可是無處可去呢。如果華視不是因為公共化對外徵求新的總經理，我也不會有這樣的機會走這一趟冒險之旅。這樣想，我就釋懷了。

也許人來到這個世上，就是因為迷了路，窮其一生，都只是尋找回家的路。

迷路的笨鵝

46 人生的目的地

你說人的一生就像迷路的小孩，但迷路的前提是要有目的地，人生除了死亡，還有什麼目的地？

迷路鵝：

我出國的時候，你最無法想像的就是路痴如我，要如何一個人在國外行動。你在美國念書的時候一定只敢走同一條路上下課，上次你好不容易一個人到了德國，居然每天都只會去旅館正前方的那家熱狗攤解決肚子餓的問題。我雖然路痴，毫無方向感，但偶爾還是會放膽的去繞遠路。到佛羅倫斯前，你讀了許多有關佛羅倫斯的書籍和文章，之後寫了一篇好長的e-mail，標題叫「關於你要去的城市」。哥哥去紐約前也得到了這麼一封信。閱讀我們即將遠去的目地的，似乎成了你想陪伴我們的最後叮嚀。但老實說，那封信躺在我的信箱裡足足五個月，我都已經到米蘭了，才打開來看。不知道哥哥那封是不是也遭遇了相同的命運，或是更慘地被他手賤的直接刪掉了。

我在佛羅倫斯時的確常常迷路。然而想在佛羅倫斯迷路其實很難，除了市區一點都不大，一條亞諾河長長地東西流過，把佛羅倫斯分成南北兩半，河上有座老橋，一端是碧提宮，一端是烏菲茲美術館，這樣的結構簡直就是一個現成的巨大東南西北針，就算長了針眼看不到大圓頂，只需走到河岸旁也絕對不會搞錯方向。但路痴的絕活就是一轉彎就身陷太空，只要視線範圍內沒有熟悉的路標，就無法辨識任何地理位置。身為路痴，在威尼斯就釋懷多了。因為威尼斯的水路小巷千迴百轉，就算是方向感最好的人也會迷失，這樣子就無法凸顯我們的愚笨了。

米蘭因為有地鐵，就像我在台北所依賴的捷運，可以大幅降低迷路的機率。我安然地度過了一年，之後回到佛羅倫斯玩，又嚴重迷路到在旅館前面繞來繞去硬是不得其門而入。其實我回家的那趟飛機也趕得很驚險。因為我到了米蘭機場才知道，不能先畫從羅馬到曼谷那段的票。米蘭到羅馬的班機又誤點，轉機時，離起飛時間不到二十分鐘，我在羅馬機場從頭跑到尾，找不到華航的櫃台，機場的工作人員給的錯誤指示讓我差點以為要先出境重新入境一次，最後硬著頭皮先趕到登機門一探究竟，才知道原來華航櫃台就在登機門旁邊，那天我是最後一個登機的。

我還是回到家了不是嗎？雖然你說人的一生就像迷路的小孩，但迷路的前提是要有目的地，人生除了死亡，還有什麼目的地？死亡不消你去尋找，但如何活得自在愉快，才是我們必須學習的功課。你曾經說爺爺把人生形容成獨木橋，老人在前，小孩在後，一個捱一個的前進，要是分心了就會掉進窮山惡水。我想那是你一直忘記在旅途中要東張西望，或是偶爾繞遠路的原因。現在的你，突然面對了大片大片的自由，除了徬徨，是不是應該要眞的開始體驗生活了？你說你好羨慕我們這輩的小孩愛玩，你的童年卻在被灌輸玩樂是罪大惡極中長大。現在沒人會再引導你的人生了，沒有人領在你的前頭要你小心翼翼前進，要你踩在別人的頭顱上得到勝利，也沒有人期望你要爬到高處不勝寒。你可以不用再自憐，或想像自己在打一場偉大的戰役。不如去和老朋友打球，或打嘴炮吧？應該輪到我們這輩來幻想壯麗藍圖了吧？

不愛工作的咪頭

47 迷路的颱風

你開始接觸更多和我同一個世代的人，其實我偷偷的替你高興。但是，就在這樣看似風平浪靜的清晨，一個真正影響深遠的全球經濟大蕭條時代已經悄悄開始了。

笨咪：

中秋節過後的第一天，星期一的早上，我在床上翻滾著，享受著不用去上班的懶散、隨意又漫無目標的人生。窗外風平浪靜的，迷路的颱風辛樂克走了，應該說，快要在地球上消失了。就像你說的，人生沒有目的地，除了死亡，颱風也是這樣的誕生，這樣的消失，留下或大或小的雨水和破壞，這次的颱風吹出了台灣有許多危橋的問題。

你走到我的床前，將今天的報紙副刊丟給我說：「你老婆說，這樣你就會起床了。」我故意翻了一個身表示我不在乎，我還是要繼續賴床。我知道，今天是你們推出「夢幻九〇，九〇年代專輯」的第一天，我寫的「成年童話」是這個專輯的第一棒，你整理的九〇年代歷史年表也會刊出。你曾經說，你對歷史最沒感覺，偏偏要去面對些功課，這段時間你聯絡著這些事情，帶著攝影師去每個人家裡拍照，做訪問，你開始接觸更多和我同一個世代的人，其實我偷偷的替你高興。但是，就在這樣看似風平浪靜的清晨，一個真正影響深遠的全球經濟大蕭條時代已經悄悄開始了。

從此，秋颱一個接一個的來到我們島上，一個又一個的迷路，在島上亂竄一陣後才離開，走在街上覺得每個人好像都心神不寧，天天見到的都是壞消息，新世紀的前十年都快要過完了，人們似乎都有勒緊褲帶過苦日子的心理準備。只有一件事情像是奇蹟一般的發生了，那就是由台灣的國產電影《海角七號》所引爆的國片復興浪潮。我記得，被人稱爲台灣新電影浪潮發生的《光陰的故事》和《小畢的故事》的一九八二年，也正好是全球經濟進入大衰退的開始。那一年，全球經濟成長率僅百分之零點七、通膨達百分之十三點七，情況相當慘烈。

我是在這一次的台北電影節中擔任國際青年導演競賽的評審時看到《海角七號》，當時代表台灣參賽的還有《情非得已之生存之道》，來自日本、韓國、加拿大的評審們對《海角七號》都沒有特別的討論，我說《海角七號》是我看完所有參賽片中唯一讓我哭很多次的電影，不過我承認那是因爲我個人的「台灣經驗」，外國評審是很難懂的。

不過在電影節的正式比賽中，《海角七號》、《冏男孩》、《九降風》、《情非得已之生存之道》包辦了所有的獎項，這四部來自不同背景和訓練的導演的作品應該可以算是這一波「後新電影浪潮準國片復興的指標」的代表了。或許，這眞的是和經濟大蕭條時代來臨有關。

這段日子我每天起床後，吃早餐的時間就迫不及待的閱讀你們策劃的「夢幻九〇」，從談女權和性別到台灣的電影，從衣服的品牌到衛星電視的時代，還有知識分子和文化人對那個時代的評斷。其實可以談的東西還很多，不過我覺得在這樣失焦恍神的痛苦時代，還能做這些回顧歷史的工作，會讓一些人的心得到片刻的安慰和一絲絲寧靜，至少我就是。

又一個迷路颱風薔蜜哭嚎的夜晚，你哥哥建議我們看一部去年在奧斯卡和《險路勿近》拚最佳影片的《黑金企業》，故事的背景正是美國二十世紀初一些石油大亨漸漸崛起的年代，後來故事進入到經濟大蕭條的三〇年代。整部電影沒有大亨們享受富貴的豪華畫面，畫面全是荒漠、深井和滿臉污泥的工人，還有以鑿井聲音爲音效所營造出來的粗礦和深沉氣氛。導演將整部電影的重心都放在那個挖石油致富的跛腳工人普蘭優的性格和內心世界，普蘭優不信任別人，包括神在內。他憑著過人的意志力和商業頭腦，只想出人頭地，他信仰自己，信仰成功。他最想要的是那種從一無所有到功成名就的過程，財富對他而言意義並不大，因爲最後他依舊孤獨寂寞。

我們的時代曾經走過貧窮來到富裕，曾經走過威權來到民主，新的社會看似繁華多元百花齊放，可是卻有一種似曾相識的時代氛圍又悄悄降臨了，那就是《黑金企業》裡所傳達的荒蕪和意志，彷彿一切都要從頭開始，挖下去。

是幻滅之後的新生。

新生的笨鵝

48

大聲哭

我從不願意承認自己也是有欲望的。
我總是假裝堅強，久而久之，已經不知道自己是不是本來就如此隨和。

新生鵝：

第一梯次的「夢幻九〇」在颱風中結束了，之後馬上又要揭曉這屆的時報文學獎。在裁員到人手不足的情況下（何只不足，是根本就沒人了），除了每天的製版外，專題和活動的同時進行，或許我是「人間」幾十年來最忙的一個編輯了。這樣的工作雖然極端瑣碎，但還是不比做動畫、做網路來得花時間；至於我到底比較喜歡哪一個領域呢？說實在的，比起當編輯，我還是比較喜歡當作者；比起當設計師，我還是比較喜歡畫插畫。

當初去義大利也有想過要學插畫，但一念之間，大概是我們台灣人的習慣思維，我們從不相信自己有本錢追求嚮往的生活。又或許是一種懦弱，躲在「現實考量」的藉口背後，就不用面對夢想的高不可攀。《囧男孩》的最後一幕，二號一直不斷奔跑，爬上階梯，想要滑一百次水好去到異次元時，我的眼淚一直掉，若不是在戲院裡，我好想放聲大哭。我想到自己的不勇敢，不顧一切的去做想做的事，明明是很單純的一種人類本能，也是理直氣壯的權利。我雖然偶爾會忍不住想踩線，但總是很快就退縮了。

那天你又談到童年，講你幾個兄弟姐妹從小面對的不同命運，你說叔叔最幸運，他是家裡最小的兒子，備受寵愛。我說，你們都沒想過，叔叔一定最壓抑。爲了滿足大家寵愛的條件，他一定盡全力裝乖巧，討好長輩。你常常說你小時候很愛哭，而且是大聲地哭。你一定從來沒看過叔叔大聲哭。他到現在，過得那麼辛苦，在大家面前卻還是如此嘻皮笑臉，深怕你們爲他擔心。

哥哥小時候也常大聲哭，有時是因爲恐懼，有時是因爲不滿。雖然他常被處罰，雖然我一直安安靜靜，很少被打罵，但他卻會躺在地上爲了他想要的玩具耍賴，而我卻只敢要哥哥也想要的東西，從不願意承認自己也是有欲望的。我總是假裝堅強，久而久之，已經不知道自己是不是本來就如此隨和。

我記得我在吵著要休學時跟你說過一個我大聲哭的故事。只因爲媽媽不給我一根雪糕，壓抑了一回又一回的情緒，直到那次我難得放膽去要了，卻要不到，那種羞恥和挫敗怎能不讓我大聲哭？但哭完我馬上又說我不要雪糕了。只要被拒絕過我就不敢再要了。也不會再爲同一件事情哭了。那是唯一一次我大聲哭的情景。

打電話通知文學獎得獎者好消息。電話那頭，有的只是悶悶地說：「哦，哦，這樣啊？」也有的會大叫出聲：「天啊，我好開心我好開心我好開心啊！」我比賽從來沒得過獎，不知是因爲我沒有競爭力，還是我的作品從來就不合任何評審的胃口，但我記得那天出版社的編輯打來，說他們很喜歡我寫義大利的系列文章，想要馬上連載、出版時，我的反應大致也是歡欣不已的。原來做自己想做的事，而得到肯定時的喜悅，會是這樣充滿感激。

充滿感激和大聲哭，是兩種我很難體會的感受。不肯讓自己的內心澎湃，是不是一種病？我現在會勇於表達感謝之情和開心，但那也是因爲我知道表達出來會讓別人高興。要大聲哭，我想我也已經太老了。

49 脫胎換骨的時刻

經過了這樣一年多和你的書信往返，原本已經漸漸解體的我，終於又重新組裝了起來，我有一種脫胎換骨的感覺。

好想大聲哭的笨咪：

你的信給了我很大的撞擊，尤其是你提到我一定從來沒看過叔叔大聲哭。你說叔叔到現在過得那麼辛苦，在大家面前卻還是嘻皮笑臉的逗大家開心，你說叔叔一定比我還壓抑。我剛剛才接到你叔叔的越洋長途電話，我們聊了很久，我忽然有一種從未有過的想哭的衝動，對自己這段日子的頹廢消沉覺得很內疚。

過去你叔叔總是習慣主動打電話給我閒話家常。爺爺還在世的時候，他用郵箋作爲日記，寫滿了整張郵箋就寄回台北的家。他仔細的報告著他們一家人在美國的生活，他總是報喜不報憂，還刻意描述著他是如何的堅強解決一個又一個的困難，他會這樣寫著：「我告訴自己說不能倒。我有李家堅強的遺傳。」爺爺總是會在這樣的句子旁邊畫著紅色的圈圈，加上眉批：「眞是我的好兒子」「有志氣」「眞是有種」。就像在我們童年的日記上改錯字或是寫上許多意見一樣，叔叔一直在努力滿足爺爺、奶奶，還有其他親人和朋友。

叔叔每次打電話來都是很關心我們的生活，其實我們都知道他自己活得才眞的辛苦。這次他在電話中報告著他們如何在兩次颶風中全家逃難的過程，第二次正好遇到嬸嬸去歐洲旅行兩週，他說一個人收拾東西和開車比較辛苦些。他說學校裡新來的老闆很欣賞他這個來自台灣的教授，於是給了他很多研究計畫，也讓他參與更多的活動，當然也給他加了薪水，他說明年還會再加。他說：「雖然加的不多，但是感覺很好。所以我最近要加緊寫研究論文。你知道嗎，去年因爲你在上班，可是專欄還是要寫，我忙著替你蒐集故事還耽誤了自己寫論文的進度。所以，最近就要靠你自己啦。」

當叔叔很輕鬆的說著這些事情時，我的眼淚都快要流了出來。我並不知道他爲了讓我的專欄「青出於藍」能順利維持下去，花很多時間替我蒐集故事，耽誤自己寫論文的進度。當他說著自己如何受到老闆的信任時，我就想到過去他那一封又一封安慰著爺爺和奶奶的報喜不報憂的越洋郵箋。叔叔又說，他現在晚上努力做氣功，體重已經跌掉十四磅。所以他人生最新的夢想是繼續減重。

我的確曾經覺得叔叔從小在我們家最得父母寵愛，因爲他眞的很乖巧，會幫忙奶奶做很多家事。有時候我會有一種委屈感，覺得自己替這個家做了很多，可是卻無法贏得父母的讚賞。此刻我不會這樣想了。我知道，其實有許多人默默的疼惜著我，默默的替我做了很多事；像從小就爲了保護我而和男生打架的二姑姑，到現在還擔心我的許多事情，替我做了很多。而我往往都是一個人獨自享受著一些成功的果實。

經過了這樣一年多和你的書信往返，原本已經漸漸解體的我，終於又重新組裝了起來，我有一種脫胎換骨的感覺。你常常在書信中給了我許多意想不到的看法。像談到旅行時，你說：「你獨處時的笨拙，會不會只是代表著你沒有一顆想要飄泊的心呢？要成爲一個獨當一面的旅人，勢必要放下對家的寄望和對身邊同伴的眷戀吧。」談到寂寞，你說：「我們的寂寞是怎麼來的？因爲在我們的身上，連傷疤都不再有英雄感。」談到追尋自我時，你說：「每個人對自己的人生，多少都會穿鑿附會。人格本來就是堆砌起來的，沒有什麼本質不本質的。」

此刻的我，重新背著斜過肩的包包，開始接著各種過去曾經很熟悉或是陌生的工作。我就是一個人，有時候要配合著不同的團隊工作。我不再想像自己是白鴿騎士、神鬼戰士或是亞瑟王。我就是我，一個一直被上蒼眷顧的幸運兒，重新開始做自己愛做的工作，享受平凡的人生。

謝謝你這段日子的陪伴，聽我的抱怨和說著自怨自艾又自憐的話語。我印證了當年自己的一句話，那就是：「多給孩子一點揮灑的空間，讓他們變得比自己聰明，然後可以早日拯救父母。」

當我向陌生人遞出一張八年前你替我設計的，有一張我的自畫像的，沒有任何頭銜的名片時，我感到很驕傲。

我也好想大聲哭，可是，是內心充滿感激的哭。

脫胎換骨的笨鵝

50 不想再憤怒

我很感激在我的內心深處有一個不起眼的，容易被忽略的台灣，那是一個叫做家的東西，是一個再醜陋都值得待下去的地方。

全新鵝：

回台灣一年多了。當初是如何決定要回來，現在也變得有點模糊。出國前，我對於當一個台灣人是相當厭倦的，曾經覺得也許可以在義大利闖蕩下去，完全把習慣二十幾年的生活方式調換過來。我是個很不戀舊的人，斬草就要除根，但直到出國才發現，有些根是除不掉的。

總之，畢業前後過得很不好，就想家了。沒有動力也沒有依靠再繼續留下來，東西扔一扔，行李箱也不重。或許也是自尊心作祟，在那邊我只是個黃種人，外來者，正常的情況下會被當成和中國城裡那些蟑螂般的黃禍沒兩樣；但如果回來，我就是個留學義大利的設計人。

義大利很古老，處處迴盪著一種跨越時空的氛圍，但義大利人又是另外一回事。他們個個都像孩子，愛玩、不負責任、一點都不專業。然而這卻也是爲什麼他們的設計那麼出色，那麼天馬行空。和他們比較起來，我身上那種東方人的嚴謹是很強烈的。我在寫《給義大利的分手信》中的序裡提到，我發現住在台灣才是眞正的漂泊，出國去都是上岸休息。因爲我們時時活在四面楚歌般的狀態下，極度不穩定並且焦慮，一個小小的島被塞得滿滿的，每個小螺絲釘都得快速積極的運轉，不然這艘台灣船

可是會在風暴中翻過去的。台灣人的確活得很累，很緊張——這樣的人民沒有心情欣賞藝術或追求美麗閒逸的事物，光是排遣壓力就讓我們心力交瘁。

我回到這樣的地方來，找工作，面對小設計公司的焦頭爛額，換工作，又遇到大裁員，一年下來，繼續發現自己的憤怒和寂寞有增無減；無端或有原因的，為此我又更憤怒。有時我會想起在義大利的日子，雖然心中總是有一份外國人的羞澀和浮動，但少了住在台灣的搖晃感覺，居然也有另一種踏實。可是我想我喜歡這條台灣船，縱使她是那麼的腥臭、粗暴。每當我的無名火被輕易觸動，讓我一拳揍向牆壁（事後往往手很痛）時，卻在在感到我離不開這裡了（因為我和台灣是那麼的相像）。

記得你曾經說，雖然你對台灣的教育體制很失望，但還是覺得應該要讓我們在台灣長大，否則會沒有根。以前我不是很能體會「有根」和「沒有根」的差別。直到我在米蘭念書，合租的公寓裡有一個室友是台灣人，他是個紐西蘭小留學生，也不算是ABC，但十歲就出國，在紐西蘭一待就是十三年。對他而言他是台灣人，可是他對台灣已經不熟悉；他會說紐西蘭是國外，可是他同時又覺得紐西蘭才是真正的家。他來義大利念碩士，用英文跟別人溝通，當他遇到其他台灣人，中文便顯得生疏。他可以跟所有人交朋友，可是他不屬於任何群體。

我們有一個台灣的朋友很喜歡去巴黎，每當他從巴黎回米蘭的時候，就會說米蘭眞是太醜了啊。另一個朋友就說，那台灣不是更醜？大家總是異口同聲的回答：那是自己的家，不能拿來比較的。但小留學生可以輕易的比較台灣和其他地方，我室友就告訴我，他覺得米蘭和台灣很像，我卻不覺得有哪一點像。在他的心中，沒有一個地方是比較重，比較深的，也許那也是另一種活著的感覺。但我很感激在我的內心深處有一個不起眼的，容易被忽略的台灣，那是一個叫做家的東西，是一個再醜陋都值得待下去的地方。

幾年之中我們都改變了不少，也不知不覺又通了那麼多的信，互相抱怨了許多平常不會說出口的心結，也許就像叔叔厚厚的家書，是靠不斷書寫來排遣、整理思緒。大概從爺爺每天在你們日記上寫著比日記本身還要長的眉批，來進行「有效溝通」時，這種家族慣性就已經種下了。但我想這樣的談話搞不好眞的很「有效」，不然你怎麼會「脫胎換骨」呢？而我大概也只有和你通信時才會那麼「說教」，因爲你是我老爸，卻又是那麼的幼稚，眞讓人忍不住想要「開導開導」。又或許我也是在開導自己吧，畢竟我們也有許多相似之處啊。

然而令人煩心的事還是那麼多，就算拚命通信也是無法解決，而我已經太累了不想再感到憤怒，所以下次再一起去旅行吧。

51 當大船緩緩行過聖馬可廣場上的鐘樓

那隻叫做寶貝的馬被這樣緊緊的扭轉著身體，牠的眼神中充滿了憤怒，但是牠並沒有屈服，牠只是在忍耐。

親愛的笨咪：

和你寫信似乎成了一種習慣，所以我忍不住想要再寫一封信給你；因爲，我眞的去旅行了，而且是帶著你夏天時送給我的那本旅行用的青色筆記本。記得你送我筆記本時對我說：「去旅行吧。」

飛機飛過了阿爾卑斯山來到了米蘭，這個你曾經夢想要久留的又髒又醜的城市，如果用塞爾特人的算法，十月三十一日正好是夏天的最後一天，也就是說我趕在夏天結束前來到了米蘭，開始了我這趟旅行。我們到達米蘭時正下著雨，灰濛濛的一片，和你最近寫的新書《給義大利的分手信》中所描述的感覺很接近。在你回台灣一年多後，我從你住過的城市出發開始旅行，和我同行的笨姆說她會一直想到你，她說她無法停止的一直想到你，而我呢，還好。媽媽和爸爸對於女兒的態度是不會一樣的，愛的方式也不同。

我們不但來到米蘭，也去了你在書上也寫到的威尼斯，也去了你原本計畫要去卻臨時被迫取消的的希臘和愛琴海。對我而言，這眞的是一趟很奇異的旅程，我不是一個人去旅行，我是和四百多個超級推銷員一起去旅行，我受邀要在旅行途中對這四百多位超級推銷員做一場演講。

當郵輪穿越亞得里亞海，當船身如同輕微地震般搖晃時，我得面對四百多個超級推銷員做一場演講，就是這樣一件浪漫的邀請啓動了我要去旅行的決心，當然，還有你的催促，和這段日子我的壞心情。在輪船上，我很愼重的拿出你送我的旅行用筆記本翻看著，我曾經在第一頁上這樣寫著：「旅行，向外，也可以向內。可以愈走愈遠，也可以愈走愈近。」後來，我就一直愈走愈近，一直航向內心深處了。在我給你的幾封信裡，我已經將航向內心深處的感覺告訴了你。

在船艙裡望著大海，我用同樣向內心深處看的心情，開始在這本筆記本上寫著演講大綱。我不斷的問自己，要如何進行這場演講才能感動台下那些本身都是能說善道的超級推銷員呢？我想，先要得到他們的認同，用幾個有趣又能感人的童年故事做爲開端，然後讓這幾個故事的精神貫穿全部的演講內容，在後半段，我才進入比較嚴肅的部分，包括自己在不同的階段所採取的生活和工作的態度。笨姆很關心我的這場演講，她不斷提醒我聽眾可能關心或是感興趣的內容，並且不停爲我祈禱。於是我就面對著大海演練著這場演講，這是我從未有過的經驗，彷彿也對自己過去的生命經驗做一次總整理。

那一天，當我換上了白色立領的襯衫和正式的西裝，手中拿著那本小小的青色筆記本登上舞台時，我知道我變得完全煥然一新，所有的焦慮不安一掃而空，一瞬間，我就像手中拿著聖經的傳道者。許多人都注意到我手中唯一的「道具」，等待著看我何時翻開，等待著我如何運用這個小道具？結果，我從頭到尾一口氣說完，然後放了一段影片，台下聽眾回報我許多的笑聲和掌聲；下了台之後，我還是緊緊的握著這個青色的小本子，一刻也不曾翻開。其實我知道，我緊緊捏著著的是我內心的焦慮和不安、我對生命的疑惑，還有親人的關愛。

在這場演講之後，許多超級推銷員都上前來表達了對我演講內容的感動，許多人都說：「我們忘了帶面紙，結果演講才一開始就哭到不行，然後，又笑到不行。謝謝你。」

我在演講之後回到船艙內倒在床上虛脫了很久，好像高中時代參加長跑，到達終點時雙腳抽筋倒地被抬出場，無法上台領獎；原來，我也是用盡了全力和情感，做一場只有兩小時的演講。

當超級推銷員們和我接近的時候，輪到我靜靜的觀察著他們，我想在他們的言談中找到一些我最好奇的答案：「成爲一個超級推銷員，他們身上有哪些和別人不一樣的人格特質？」他們在旅行途中穿著公司發給他們的天藍色夾克，當他們一波波走在甲板上時你會誤以爲海浪掩沒了這艘郵輪，一波波海浪所到之處瀰漫著笑聲，他們每個人似乎都很能享受著這樣的聚會，有一種達觀和快活。後來我才知道原來旅行也是他們工作上的一種獎勵、一種回報和一種學習。公司會對達到業績目標的人給予旅行的獎勵，讓他們享受許許多多次的旅行，同樣的也藉由一次又一次的旅行來凝聚對本身工作的向心力，有個朋友告訴我說，這是他的第四十三次因爲業績達到目標被回饋的旅行。我忽然懂了，原來這是一種享受工作，也享受人生的態度。

在這次海上航行的旅行中，我帶著一本原本看了一半的書《一千零一次死亡》，笨姆帶的是《動物之神》，我們總是抽空坐在船艙外的甲板上吹著海風靜靜的看著書，可是我發現笨姆並不平靜，她往往讀了一段就躲進船艙內哭泣。後來她終於說出她哭的原因，其中有一段關於馬場的男主人用相當殘忍的方式想要屈服一匹桀驁不馴的賽馬「寶貝」的描述。馬場男主人屈服賽馬的方式先是在馬背上放下一個很重的馬鞍，然後騎上去連續踢打牠好幾小時，迫始牠繞著圈跑，讓牠筋疲力竭腰痠背痛。還有一招就是用韁繩綁住馬鞍的側邊，硬是將牠的頭往一旁扭轉，讓身體彎成半圓，讓牠動彈不得，留牠在烈日下曬太陽。笨姆哭著說：「那隻叫做寶貝的馬被這樣緊緊的扭轉著身體，牠的眼神中充滿了憤怒，但是牠並沒有屈服，牠只是在忍耐。那讓我想到你在華視的處境，你的身心受到極大的傷害，你心中的憤怒並未平息，你只是在忍耐。」

是啊，在過去許多生命經驗中，我常常遭遇到要被別人屈服的事情，我往往只是忍耐，但是我很清楚，我並沒有被屈服。過去遇到這樣的事情，我總是選擇離開，立刻結束被屈辱，只有這一次，我選擇不離開繼續被屈辱，熬到最後一刻。說也奇怪，當我聽了笨姆關於寶貝的故事後，內心忽然有一種說不出的釋懷；我想到自己剛到華視的種種作爲，我們踩著地雷前進，停掉所有違反公共價值的節目，到後來在沒有任何奧援下我的許多堅持和抵抗。是的，我就是那隻被叫作寶貝的賽馬，事實將證明，我被沒有被任何人和任何惡勢力屈服。

第二天的清晨，天還濛濛的，郵輪緩緩駛進了威尼斯的港口，輕輕的穿過了聖馬可廣場上的鐘樓時，我的心就像港口內的水平靜無波也無紋。這趟海上的旅行回來後我一直昏睡著，彷彿還躺在地震般的船艙裡，醒來的時候，你在餐桌上放著你爲我們燒好的飯菜，還放了一份美國新出爐的黑人總統歐巴馬當選後在芝加哥的演講全文。

原來，短短的海上旅行，這個世界卻發生了許多的變化。

剛從海上旅行回來的笨鵝

52 山影

我們什麼時候才能不在乎偉大，而是順著自己的呼吸步調，毫不勉強的欣賞人生途中的美景；因為達到目標後會失落，並且不會知道自己錯過了什麼。

旅行鵝：

你們的愛琴海之旅才剛結束，又輪我去爬玉山攻頂之旅了。對於我們這群平常沒在訓練的上班族而言，海拔三千公尺以上，十幾公里的陡峭山路，真是要人老命。爬高山的人有兩種心情，一種只想挑戰極限，拔腿就是頭也不回的往上走，另一種人雖然也是累，但愜意些，想說好不容易上來了就是要慢慢欣賞山景。

我大約介於兩種人之間，喘怕了很想走到目的地，可是又覺得不好好飽覽群山在眼底真是不識情趣。於是走到了最後，隊伍已拆成三截。腳快的已經一路往上，沒法跟上的如我，或不喜歡趕路的則走走停停拍拍照。還有一位走沒多久，便腳傷復發的同伴，領隊隨他走在最後面。日落前，大家都順利紛紛走到山莊了，就連負傷的同伴也是。他後來跟我說，快到山莊前，實在已經累得走不下去，於是領隊陪他在山壁下臥著，瞇了個小覺，醒來時，他們看見了歸巢的帝雉。

頓時我的心情很微妙。不免俗並且很幼稚的，爬山時的確會有一種想證明些什麼的心態，往往看別人已經超前，便心癢難耐。明明知道根本沒什麼好比的，不過是出來玩，開心就好，但還是會很想要是快點達到目的。因爲我們已經被培養成好鬥的人格了吧。但最終我們會發現，美景是留給走慢的人的。

晚上大家擠在硬板通鋪上，又是流鼻涕又是渾身發癢，沒一個人睡得著。好不容易捱到了兩點鐘，窸窸窣窣起床準備攻頂看日出。最後那段峭壁，真是榨乾我這菜鳥的最後一點氣力，當太陽冒出對面山頭，眼下是中央山脈像攤了牌一樣，脈脈相連地展開，就算沒有「值回票價」的覺悟，也是鬆了一口氣。這時我聽見其他山友在看山影——日出東方，玉山的山峰陰影，便會出現在西方的天空上。站得最高的人，欣賞的竟是自己的影子。也只有站得高的人，才會知道自己的陰影籠罩在別人身上。笨鵝，你在別人的臉上看過自己的影子嗎？我不曾，但我相信我一定滿臉都是你的影子。所以每當別人總是要先提起你，才能附帶到我時，我才會覺得心裡十分灰暗。

你去旅行的這十天的確發生了很多事。除了讓人聽得已經耳朵發爛的貪汙案持續進行，中國時報差一點就賣給了蘋果日報，最後一刻又被旺旺買下。我自以爲心情沒有太大起伏，反正公司沒了，就再找下一個頭路。但整個社會氣氛加上這樣低迷的景氣才讓人感到很悶。當歐巴馬選上時，我看到一張兩個黑人在公園裡相擁而泣的照片，竟然也無預警地紅了眼眶。也許是感到羨慕與羞愧，別人是這樣一步步的在前進，而我們吵吵鬧鬧的扯著彼此的後腿，還覺得很刺激好玩。我覺得這種憂國憂民的情緒，是進了報社之後才演變出來的。也或是因爲留學回來，民族意識增強。不管怎樣，我覺得自己愈來愈激動愛哭得像你，而你卻愈來愈自得其樂得像我。就像你之前說過的，我們好像在交換彼此的路走，我向外拓展視野，而你卻向內探索了。

我看著玉山的影子試圖說服自己，站在東南亞第一高峰的尖頂上很了不起，但心裡卻還在介意著，居然沒有看到帝雉。不知道我們什麼時候才能不再在乎偉大，而是順著自己的呼吸步調，毫不勉強的欣賞人生途中的美景；因爲達到目標後會失落，並且不會知道自己錯過了什麼。

你說你像那隻叫寶貝的馬，我不是很能夠想像。畢竟寶貝是匹野馬，爲活著而奔馳，知道自由的無可取代，因此決不屈服在繩鞭下。而你卻總是給自己訂立許許多多的目標、戰役，往自己身上套鞍，驅策自己要勝利。現在你總算解下束具了，幸運的話還連同你的鬥性。不管是不是曾經有人硬要扭你的脖子，我都祝福你從此之後眞的自由了。自由的定義便是，當你發現別人在你之上時，卻還能閒適地睡上一覺，醒來時，也許就會看到美麗的帝雉。

笨咪

國家圖書館出版品預行編目資料

面對：小金剛世代與野草莓世代的深情對話／小野、李亞著. -- 初版. -- 臺北市：麥田，城邦文化出版：家庭傳媒城邦分公司發行，2009.01
面； 公分. --（小野作品集；24）
ISBN 978-986-173-461-3（平裝）
855 97023848

小野作品集 24

面對：小金剛世代與野草莓世代的深情對話

作　　者／小野、李亞
內文插圖／李亞
選 書 人／林秀梅
責任編輯／林怡君

副總編輯／林秀梅
總 經 理／陳蕙慧
發 行 人／凃玉雲
出　　版／麥田出版
城邦文化事業股份有限公司
台北市100台北市中正區信義路二段213號11樓
電話：(02)23560933　傳眞：(02)23516320；23519179
部落格：http://blog.pixnet.net/ryefield
發　　行／英屬蓋曼群島商家庭傳媒股份有限公司城邦分公司
台北市民生東路二段141號2樓
書虫客服服務專線：02-25007718‧02-25007719
24小時傳眞服務：02-25001990‧02-25001991
服務時間：週一至週五09:30-12:00‧13:30-17:00
郵撥帳號：19863813　戶名：書虫股份有限公司
讀者服務信箱E-mail：service@readingclub.com.tw
歡迎光臨城邦讀書花園　網址：www.cite.com.tw
香港發行所／城邦（香港）出版集團有限公司
香港灣仔駱克道193號東超商業中心1樓
電話：(852) 25086231　傳眞：(852) 25789337
E-mail：hkcite@biznetvigator.com
馬新發行所／城邦（馬新）出版集團【Cite(M)Sdn. Bhd.(458372U)】
11, Jalan 30D/146, Desa Tasik,
Sungai Besi, 57000 Kuala Lumpur, Malaysia.
電話：(603) 90563833　傳眞：(603) 90562833

封面設計／TW工作室
封面攝影／呂瑋城
印　　刷／鴻友印前數位整合股份有限公司

■2009年（民98）1月6日　初版一刷　Printed in Taiwan.

定價／260元

ISBN 978-986-173-461-3